Joseph Conrad

Im Taifun

Amy Foster

Zwei Erzählungen

Übersetzt von Elise Eckert

Joseph Conrad: Im Taifun / Amy Foster. Zwei Erzählungen

Übersetzt von Elise Eckert.

Neuausgabe
Herausgegeben von Karl-Maria Guth
Berlin 2020

»Typhoon« und »Amy Foster« - Erstdruck 1903. Hier in der
Übersetzung von Elise Eckert, Stuttgart, 1908 in der Reihe »Engelhorns
allgemeine Romanbibliothek«, Jahrgang 24, Band 24. Der Text der
vorliegenden Ausgabe wurde behutsam an die neue deutsche
Rechtschreibung angepasst.

Umschlaggestaltung von Thomas Schultz-Overhage unter Verwendung
des Bildes: Ivan Aivazovsky, Hurrikan auf einem Meer, 1899

Gesetzt aus der Minion Pro, 11 pt

Die Sammlung Hofenberg erscheint im
Verlag der Contumax GmbH & Co. KG, Berlin
Herstellung: BoD – Books on Demand, Norderstedt

ISBN 978-3-7437-3803-4

Bibliografische Information der Deutschen Nationalbibliothek

Die Deutsche Nationalbibliothek verzeichnet diese Publikation in der
Deutschen Nationalbibliografie; detaillierte bibliografische Daten sind
im Internet über www.dnb.de abrufbar.

Im Taifun

1.

Die Gesichtszüge des Herrn Mac Whirr, Kapitäns des Dampfers Nan-Shan, schienen das vollkommene Widerspiel seines Charakters zu sein: Sie boten keine bestimmten Merkmale weder von Festigkeit noch von Beschränktheit; sie drückten überhaupt keinerlei Eigentümlichkeit aus; sie waren einfach gewöhnlich, ausdruckslos und unbeweglich. Das Einzige, was sich in seinem Aussehen hie und da anzudeuten schien, war Schüchternheit; in den Geschäftszimmern der Reeder konnte man ihn nämlich, ein schwaches Lächeln auf dem sonnverbrannten Gesichte, mit niedergeschlagenen Augen sitzen sehen. Schlug er sie auf, so bemerkte man, dass sie blau von Farbe und offen und ehrlich im Ausdruck waren. Sein Haar, das blond und außerordentlich fein war, umschloss die kahle Wölbung seines Schädels wie ein Kranz von seidenem Flaume. Sein über der Lippe kurz abgeschnittener Bart dagegen war flammend rot und glich einem Gestrüpp von Kupferdraht, während über seine Wangen, mochte er sich noch so glatt rasieren, bei jeder Bewegung des Kopfes metallische Funken zu gleiten schienen. Er war unter Mittelgröße, etwas rundschulterig und so derb von Gliedern, dass seine Kleider immer um eine Idee zu eng für seine Arme und Beine zu sein schienen. Als ob er unfähig wäre zu begreifen, welche Anforderungen die Verschiedenheit der Breitegrade an die menschliche Kleidung stellt, trug er immer und überall einen braunen Filzhut, einen vollständigen Anzug von gleicher Farbe und plumpe schwarze Stiefel. Diese hafenmäßige Tracht gab seiner dicken Gestalt eine Art steifer, unbeholfener Eleganz. Eine dünne silberne Uhrkette zierte seine Weste, und nie verließ er das Schiff, um ans Land zu gehen, ohne einen eleganten Regenschirm allerbester Qualität, meist jedoch ungerollt, in seiner mächtigen, haarigen Faust zu halten. Der Obersteuermann Jukes, der seinen Kapitän bis an die Laufplanken begleitete, wagte es manchmal, in liebenswürdigstem Tone zu sagen: »Erlauben Sie, Herr Kapitän!«, und sich mit aller Ehrerbietung des Schirmes zu bemächtigen; er hob ihn dann in die Höhe, schüttelte die Falten zurecht, drehte ihn im Nu zu einer zierlichen Rolle zusammen und händigte ihn dem Eigentümer wieder ein. Dabei machte er ein so grimmig ernstes Gesicht, dass Herr Salomon Rout, der Oberingenieur, der eben über dem Oberlicht seine Morgenzigarre rauchte, den Kopf zur Seite wandte, um ein Lächeln zu verbergen. »Ah! So! Dank' Ihnen, Jukes; dank' Ihnen!«, pflegte der Kapitän anerkennend zu murmeln, ohne jedoch aufzublicken.

Da er gerade so viel und nicht mehr Einbildungskraft besaß, als er von einem Tag auf den andern brauchte, so erfreute er sich einer ruhigen Selbstgewissheit, und aus demselben Grunde lag ihm auch jede Überhebung ferne. Man betrachte seine Vorgesetzten und man wird finden, dass die mit einem reicheren Maße von Einbildungskraft begabten am ersten empfindlich, herrisch und anspruchsvoll sind; jedes Schiff aber, das Kapitän Mac Whirr befehligte, war eine schwimmende Wohnung der Harmonie und des Friedens. Ihm war es in der Tat so wenig möglich, sich zu einem höheren Gedankenfluge aufzuschwingen, als es einem Uhrmacher möglich ist, einen Zeitmesser ohne andere Werkzeuge als eine Schrotsäge und einen zwei Pfund schweren Hammer herzustellen.

Doch die wenig anziehende Lebensgeschichte von Männern, die so völlig in den Tatsachen der nackten Wirklichkeit aufzugehen scheinen, hat auch ihre geheimnisvolle Seite. In Kapitän Mac Whirrs Falle war es zum Beispiel ein ungelöstes Rätsel, was in aller Welt den wohlgeratenen Sohn eines Krämers in Belfast veranlasst haben mochte, seinen Eltern davonzulaufen und zur See zu gehen. Und doch hatte er gerade das getan, als er fünfzehn Jahre alt war. Bei Licht betrachtet, würde diese Tatsache genügen, um in uns die Vorstellung einer ungeheuern, mächtigen Hand zu erwecken, die unsichtbar in den Ameisenhaufen der Erde hineinfährt, Schultern packt, Köpfe zusammenstößt und die verblüfften Gesichter der Menge nach ungeahnten Richtungen hin- und nie gekannten Zielen zuwendet.

Sein Vater vergab ihm seinen törichten Ungehorsam nie ganz. »Wir hätten ihn ja entbehren können, wenn das Geschäft nicht gewesen wäre«, sagte er später manchmal, »und er noch dazu unser einziger Sohn!« Seine Mutter weinte viel nach seinem Verschwinden. Da er nicht daran gedacht hatte, eine Mitteilung zu hinterlassen, so wurde er für tot betrauert, bis endlich nach acht Monaten sein erster Brief aus Talkahuano kam. Dieser war nur kurz und enthielt die Bemerkung: »Wir hatten sehr schönes Wetter zu unsrer Fahrt.« Doch war in des Schreibers Augen offenbar das einzig Wichtige, was er zu berichten hatte, die Tatsache, dass sein Kapitän ihn an eben dem Tage, wo der Brief geschrieben wurde, als ordentlichen Matrosen angenommen und auf die Schiffsartikel verpflichtet hatte. »Weil ich die Arbeit leisten kann«, fügte er erklärend hinzu. Die Mutter vergoss wieder viele Tränen, während der Vater seinen Gefühlen durch die Worte Luft machte: »Tom ist ein Esel.« Er war ein wohlbeleibter, mit natürlicher Schlauheit begabter Mann und konnte es bis ans Ende seines Lebens nicht lassen, im Verkehr mit seinem Sohne halb mitleidig über ihn, wie über einen nicht ganz vollsinnigen Menschen zu witzeln.

Die Besuche Mac Whirrs in seiner Heimat waren natürlich selten, und so schrieb er im Laufe der Jahre eine Reihe von Briefen an seine Eltern, durch die er sie über seine verschiedenen Beförderungen, sowie über sein Hin und Her auf dem weiten Erdenrunde auf dem Laufenden erhielt. In diesen Mitteilungen waren Sätze wie die folgenden enthalten: »Die Hitze ist hier sehr groß«, oder: »An Weihnachten trafen wir auf einige Eisberge.« Die alten Leute lernten nach und nach alle möglichen Namen von Schiffen und ihren Führern kennen – Namen von schottischen und englischen Schiffseigentümern – Namen von Meeren, Meerengen, Vorgebirgen – ausländische Namen von Häfen für Bauholz, für Reis, für Baumwolle – Namen von Inseln und Halbinseln und endlich den Namen der jungen Frau ihres Sohnes. Sie hieß Lucy. Es kam ihm nicht in den Sinn zu erwähnen, ob er den Namen hübsch fand. Und dann starben die Eltern.

Mac Whirrs Hochzeit fand zur festgesetzten Zeit statt, nicht lange nach dem großen Tage, an dem er sein erstes Kommando erhalten hatte.

Alle diese Ereignisse hatten sich viele Jahre vor dem Morgen begeben, an dem der Kapitän sich im Kartenhause dem auffallenden Tiefstande eines Barometers gegenüber sah, dem zu misstrauen er keinen Grund hatte. Wenn man die Vorzüglichkeit des Instrumentes und anderseits die herrschende Jahreszeit, sowie die augenblickliche Lage des Schiffes auf der Erdkugel in Betracht zog, so musste dieser Tiefstand in hohem Grade unheilverkündend erscheinen. Allein das rote Gesicht des Mannes verriet nichts von Beunruhigung. Vorzeichen waren für ihn nicht vorhanden; ja, er war nicht imstande, die Bedeutung einer Vorhersage zu erfassen, bis ihre Erfüllung sie ihm dicht unter die Augen rückte. »Das Barometer ist gefallen, und zwar ordentlich«, dachte er. »Es muss ungewöhnlich schlechtes Wetter in der Luft liegen.«

Die Nan-Shan befand sich auf dem Wege vom Süden nach dem Vertragshafen von Futschou. Ihre untern Räume bargen eine Warenladung und außerdem hatte sie zweihundert chinesische Kulis an Bord, die nach einigen Arbeitsjahren in verschiedenen tropischen Kolonien nach ihren heimatlichen Dörfern in der Provinz Fokien zurückkehrten.

Der Morgen war schön. Die glatte See hob sich ohne eine Perle Schaumes. Am Himmel stand die Sonne von einem eigentümlichen weißen Nebel wie von einem Hofe umgeben. Das ganz von Chinesen besetzte Vorderdeck zeigte in buntem Gemisch dunkle Gewänder, gelbe Gesichter und schwarze Zöpfe – dazwischen viele nackte Schultern, denn es war windstill und die Hitze drückend.

Die Kulis lagen träge herum, schwatzten, rauchten oder starrten über die Reling; einige schöpften Wasser und begossen einander damit; andre hatten sich auf Luken hingestreckt um zu schlafen, während wieder andere in Gruppen von sechs Köpfen um eiserne Präsentierbretter hockten, die mit Tellern voll Reis und winzigen Teetassen bedeckt waren. Jeder einzelne Sohn des himmlischen Reiches führte seine gesamte Habe mit sich – eine hölzerne Kiste mit klirrendem Schloss und messingbeschlagenen Ecken, die die Erträgnisse seiner Arbeit enthielt: ein und das andere Feierkleid, etwas Weihrauch, ein wenig Opium vielleicht, Stücke namenlosen Plunders von eingebildetem Werte und ein kleines Häufchen Silberdollars. Diese letztern waren auf Kohlenausladern erworben, im Spiel oder durch einen kleinen Handel gewonnen, aus der Erde gegraben, in Bergwerken, auf Eisenbahnlinien oder im toddrohenden Schilfmoor unter viel Mühe und Schweiß errungen – mit unermüdeter Geduld gesammelt, mit Sorgfalt gehütet, mit wilder Gier geliebt.

Ungefähr um zehn Uhr hatte eine Querdünung vom Formosakanal her eingesetzt, ohne jedoch unsre Passagiere viel zu beunruhigen, da die Nan-Shan mit ihrem flachen Boden, ihren Schlingerkielen und ihrer großen Breite den Ruf eines außergewöhnlich stetigen Schiffes genoss. Obersteuermann Jukes pflegte in Augenblicken gehobener Stimmung am Lande von ihr zu rühmen, dass das alte Mädchen ebenso gut sei wie schön. Kapitän Mac Whirr wäre es nie eingefallen, seine gute Meinung so laut und in solch fantastischen Ausdrücken auszusprechen. Sie war zweifellos ein gutes Schiff und auch noch nicht alt. Es war noch keine drei Jahre her, dass sie in Dumbarton auf Bestellung einer kaufmännischen Firma in Siam – Sigg & Söhne – gebaut worden war. Als das Schiff segelfertig dalag, bis ins Kleinste vollendet und bereit, seine Lebensarbeit zu beginnen, ruhten die Blicke seiner Erbauer mit Stolz auf ihm.

»Sigg hat uns gebeten, ihm einen zuverlässigen Kapitän zu besorgen, um das Schiff hinauszuführen«, bemerkte der eine der beiden Geschäftsinhaber, worauf der andre nach einigem Nachsinnen sagte: »Ich glaube, Mac Whirr ist eben an Land.« – »Wirklich? Dann telegrafiere ihm sofort. Das ist der rechte Mann«, erklärte der ältere der beiden Männer, ohne einen Augenblick zu zögern.

Am andern Morgen stand Mac Whirr in ungestörter Seelenruhe vor den Reedern. Er war um Mitternacht mit dem Expresszug von London abgereist nach ebenso kühlem wie schnellem Abschied von seiner Frau, deren Eltern den höheren Ständen angehört und einst bessere Tage gesehen hatten.

»Es wird gut sein, wenn wir zusammen einen Gang durch das Schiff machen«, sagte der ältere der beiden Herren, und die drei Männer machten sich auf, um die Vollkommenheiten der Nan-Shan vom Steven zum Stern und vom Kolschwinn bis zu den Knöpfen ihrer stämmigen Masten in Augenschein zu nehmen. Als sie auf dem Schiff angekommen waren, entledigte sich Kapitän Mac Whirr zuerst seines Rockes und hing ihn auf das Ende eines Dampfbratspills, das eine Verkörperung all der neuesten Verbesserungen darstellte.

»Mein Onkel hat Sie mit der gestrigen Post unsern Freunden, den Herren Sigg, so gut empfohlen, dass sie Ihnen ohne Zweifel weitere Aufträge geben werden«, sagte der jüngere Teilhaber der Firma. »Sie können stolz darauf sein, das schnellste Schiff dieser Größe an der chinesischen Küste zu befehligen.«

»Ah? Ich danke Ihnen«, murmelte Mac Whirr, für den die Aussicht auf eine ferne Möglichkeit nicht lockender war als für einen kurzsichtigen Wanderer die Schönheit einer weiten Landschaft. Er hatte den Blick zufällig gerade auf dem Schloss der Kajütentür ruhen lassen; jetzt ging er voll Eifer darauf zu und begann kräftig am Türgriff zu rütteln, während er in leisem, ernstem Tone bemerkte: »Man darf den Handwerksleuten heutzutage nicht trauen. Ein nagelneues Schloss und funktioniert nicht! Sehen Sie? Sehen Sie?«

Sobald die beiden Herren sich allein in ihrem Büro am jenseitigen Ende der Werft befanden, fragte der Neffe mit leichtem Spott: »Du hast den Burschen Sigg gegenüber so sehr herausgestrichen; was findest du eigentlich an ihm?« – »Ich gebe zu, dass er nichts von deinen neumodischen Kapitänen an sich hat, wenn du das meinst«, erwiderte der ältere Mann kurz. »Ist der Vorarbeiter der Schreiner von der Nan-Shan da? … Kommen Sie einmal herein, Bates. Was soll das sein, dass Sie uns von Taits Leuten ein schlechtes Schloss aufhängen lassen? Das Schloss der Kajütentür ist total unbrauchbar. Der Kapitän bemerkte es, sobald sein Blick darauf fiel. Lassen Sie sogleich ein andres anbringen. Ja, ja, die Kleinigkeiten, Bates – was sage ich denn immer?«

Das Schloss wurde demgemäß durch ein andres ersetzt, und wenige Tage später dampfte die Nan-Shan ostwärts, ohne dass Mac Whirr sich zu irgendeiner weiteren Bemerkung über ihre Ausrüstung oder zu einem einzigen Worte aufgeschwungen hätte, das Stolz auf sein Schiff, Dankbarkeit für seine Ernennung oder Befriedigung über seine Aussichten verraten hätte.

Von Natur weder geschwätzig, noch verschlossen, fand er nur wenig Veranlassung zu reden, außer in seinem Berufe. Hier musste er natürlich Anweisungen geben, Befehle erteilen und dergleichen. Im Übrigen aber? Mit der Vergangenheit war er fertig, die Zukunft war noch nicht da, und die gewöhnlichen Vorkommnisse des Tages bedurften keiner Besprechung – Tatsachen reden mit genügender Deutlichkeit für sich selbst.

Der alte Herr Sigg liebte einen Mann von wenig Worten und einen, der sich nicht erlaubt, über die ihm erteilten Weisungen hinauszugehen. Da Kapitän Mac Whirr diesen Anforderungen durchaus entsprach, so behielt er das Kommando der Nan-Shan und führte sie mit Sorgfalt durch die chinesischen Gewässer. Sie war ursprünglich als britisches Schiff eingetragen, aber nach einiger Zeit hielten es die Herren Sigg für gut, sie unter siamesischer Flagge segeln zu lassen. Als Obersteuermann Jukes von der beabsichtigten Veränderung hörte, schien er sich persönlich beleidigt zu fühlen. Er ging brummend umher und ließ von Zeit zu Zeit ein kurzes, höhnisches Lachen hören. »Nein, 's ist zum

Tollwerden! Einen einfältigen Arche-Noah-Elefanten auf seiner Flagge zu haben!«, klagte er einmal, unter der offenen Tür des Maschinenraumes stehend. »Hol mich der Teufel, wenn ich das aushalte! Ich werde kündigen. Wird's Ihnen nicht auch übel, Herr Rout?«

Der Oberingenieur schwieg und räusperte sich mit der Miene eines Mannes, der den Wert eines guten Kontraktes zu schätzen weiß.

Am ersten Morgen, an dem die neue Flagge über dem Stern der Nan-Shan wehte, stand Jukes auf der Brücke und betrachtete den Elefanten mit ingrimmigen Blicken. Nachdem er eine Zeit lang mit seinen Gefühlen gekämpft hatte, bemerkte er: »Sonderbare Flagge das, Herr Kapitän!«

»Was ist's mit der Flagge?«, fragte Mac Whirr verwundert. »Scheint mir ganz in Ordnung zu sein.« Damit ging er ans Ende der Brücke, um besser sehen zu können.

»Nun, mir kommt sie sehr sonderbar vor«, stieß Jukes in höchster Erregung heraus und stürzte davon.

Der Kapitän wusste nicht, wie er sich dieses Benehmen deuten sollte. Nach einer kleinen Weile begab er sich gemächlich ins Kartenhaus, holte sein »Internationales Flaggenbuch« hervor und schlug die Tafel auf, wo die Flaggen aller Nationen in bunten Reihen auf das Genaueste abgebildet waren. Er ließ seine Finger darüber gleiten, und als er zu Siam kam, betrachtete er mit großer Aufmerksamkeit das rote Feld und den weißen Elefanten darin. Nichts konnte einfacher sein; der Sicherheit halber trug er das Buch aber hinaus auf die Brücke, um die kolorierte Abbildung mit dem wirklichen Gegenstande auf der Flaggenstange vergleichen zu können. Als bald darauf Jukes, der an jenem Tage seinen Pflichten mit einer Art unterdrückter Wut nachging, in seine Nähe kam, bemerkte sein Gebieter: »Die Flagge ist in Ordnung.«

»So?«, murmelte Jukes, indem er sich vor einem Deckkasten auf die Knie warf und eine Reservelotleine herausschleuderte.

»Jawohl. Ich habe im Buch nachgesehen. Zweimal so lang als breit und der Elefant gerade in der Mitte. Ich dachte mir schon, dass die Leute hier sich auf die Landesflagge verstehen müssten. Das war nicht anders zu erwarten. Sie haben sich geirrt, Jukes ...«

»Nun, Herr Kapitän«, begann der junge Mann, sich rasch erhebend, »ich kann nur sagen –« Mit unsicheren, zitternden Händen suchte er nach dem Ende der Leine.

»Schon gut«, beruhigte ihn der Kapitän, indem er sich schwer auf einen kleinen Feldstuhl fallen ließ, den er besonders gern hatte. »Sie müssen nur dafür sorgen, dass der Elefant nicht verkehrt aufgezogen wird, solange die Leute noch nicht daran gewöhnt sind.«

Jukes warf die neue Lotleine aufs Vorderdeck hinüber und brüllte: »Hier, Bootsmann! Vergessen Sie nicht, sie ordentlich nass zu machen.« Dann wandte er sich mit ungeheurer Entschlossenheit zu seinem Kapitän. Dieser aber hatte behaglich die Arme auf dem Brückengeländer ausgebreitet und fuhr in seiner nur unterbrochenen Rede fort: »Ich glaube nämlich, dass man das für ein Notsignal halten würde. Was meinen Sie? Der Elefant dort bedeutet, denke ich, dasselbe, was der Union Jack auf der Flagge.«

»So?«, schrie Jukes so laut, dass alle Köpfe auf dem Verdeck der Nan-Shan sich nach der Brücke wandten. Dann seufzte er tief auf und bemerkte mit plötzlicher Ergebung in sanftem Ton: »Das würde freilich ein verdammt jämmerlicher Anblick sein.«

Später am Tage wandte er sich an den Oberingenieur mit einem vertraulichen: »Soll ich Ihnen das neueste Stücklein des Alten erzählen?«

Herr Salomon Rout (häufig der lange Sal, der alte Sal oder auch Vater Rout genannt) war fast überall, wohin er kam, der größte Mann und hatte sich infolge davon die gebeugte Haltung gemütlicher Herablassung angewöhnt. Er hatte spärliches, sandfarbenes Haar, und die Farbe seiner flachen Wangen, wie auch seiner knochigen Handgelenke und seiner langen Gelehrtenhände war so blass, als hätte er sein Leben lang im Schatten gewohnt.

Er lächelte von seiner Höhe auf Jukes herab, indem er ruhig weiterrauchte und seine Blicke bald dahin, bald dorthin schweifen ließ, wie etwa ein freundlicher Onkel der Erzählung eines aufgeregten Schuljungen zuhört. Dann fragte er, ohne sich im Geringsten merken zu lassen, wie sehr ihn die Geschichte belustigte: »Und haben Sie ihm gekündigt?«

»Nein«, schrie Jukes, und seine Stimme, die das Geräusch der Ladekrane übertönen musste, klang angestrengt und erschöpft. Alles war in diesem Augenblick eifrig beschäftigt, Warenballen und -säcke mittels der Schinkelhaken aufzugreifen und auf das Ende langer Kranenarme zu heben, wie es schien, nur um sie nachher achtlos wieder hinunterfallen zu lassen. Die Lastketten knirschten in den Hebeböcken, klirrten auf den Scheerstocken und rasselten über die Schiffswand; das ganze

Schiff bebte und seine langen grauen Flanken waren von Dampfringeln umwoben. »Nein«, schrie Jukes, »ich habe nicht gekündigt. Wozu auch? Ebenso gut könnte ich meine Kündigung dem Schott da an den Kopf werfen. Ich glaube nicht, dass man einem solchen Manne überhaupt etwas begreiflich machen kann. Da hört einfach alles auf.«

In diesem Augenblicke schritt Kapitän Mac Whirr, mit dem Regenschirm in der Hand vom Lande kommend, übers Verdeck, und hinter ihm drein ein düster blickender, würdevoller Chinese in seidenen, mit Papier besohlten Schuhen, ebenfalls einen Regenschirm in der Hand. In nur eben vernehmlichem Tone, den Blick auf seine Stiefel gerichtet, wie es seine Art war, erklärte der Gebieter der Nan-Shan, dass man diesmal in Futschou anlegen müsse, und ersuchte Herrn Rout, bis morgen Nachmittag Punkt ein Uhr für Dampf zu sorgen. Er schob seinen Hut zurück, um sich den Schweiß von der Stirne zu trocknen, und brummte, es sei ihm nichts so verhasst, als an Land gehen zu müssen, während der ihn überragende Herr Rout, ohne ihn eines Wortes zu würdigen, in erhabener Ruhe weiter rauchte und seinen rechten Ellbogen mit der linken Handfläche streichelte. Hierauf wurde Jukes in demselben gedämpften Tone angewiesen, das vordere Zwischendeck von jeder Ladung freizuhalten. Zweihundert Kulis sollten dort unten untergebracht werden. Die Gesellschaft Bun Hin schicke sie nach Hause. Fünfundzwanzig Säcke Reis würden sogleich an Bord gebracht werden, damit man Vorrat habe. Jeder von den Leuten führe eine Kampferholzkiste mit sich, und der Zimmermann müsse angewiesen werden, drei Zoll breite Latten an der ganzen Länge des Zwischendecks entlang anzubringen, damit diese Kisten nicht hinausfallen könnten. Es werde gut sein, wenn Jukes sogleich Vorsorge dafür treffe. »Hören Sie, Jukes?« Der Chinese hier solle als eine Art Dolmetscher das Schiff bis Futschou begleiten; er sei Bun Hins Sekretär und solle sich den Raum einmal ansehen. Jukes möge ihn führen. »Hören Sie, Jukes?«

Jukes versäumte nicht, diese Weisungen an geeigneter Stelle mit dem pflichtschuldigen: »Ja, Herr Kapitän«, zu interpunktieren, allein es klang matt und gleichgültig. Sein barsches: »Komm mit, John« veranlasste den Chinesen, ihm auf den Fersen zu folgen.

»Ein feiner Schlafsaal, was?«, bemerkte Jukes, auf die offene Luke des Zwischendecks zeigend. Sein Ton war nicht eben zuvorkommend

– dazu war er sich der Überlegenheit der eigenen Rasse zu sehr bewusst –, doch auch nicht unfreundlich. Der Chinese aber blickte traurig und sprachlos in die Finsternis des Zwischendecks hinab, als stände er am Rande eines offenen Grabes.

»Da unten kommt kein Regen hinein«, erklärte Jukes. »Und bei schönem Wetter kann jedes Kulimännchen auf Deck heraufkommen und so machen«, fuhr er, sichtlich wärmer werdend, fort. »Puuuh!« Dabei dehnte er seine Brust aus und blies die Backen auf. »Nicht wahr, John? Frische Luft schöpfen! Gut. Da oben können sie auch ihren Reis essen und ihre Höslein waschen. Verstehst du, John?«

Dazu machte er mit Mund und Händen die entsprechenden Bewegungen, und der Chinese, der sein Misstrauen unter der Miene vornehmer Resignation verbarg, blickte aus seinen mandelförmigen Augen von Jukes auf die Luke und von der Luke wieder auf ihn zurück. »Sehr gut«, murmelte er in leisem, trostlosem Tone und glitt behände über das Verdeck, geschickt allen Hindernissen ausweichend, bis er schließlich hinter einem Haufen schmutziger Säcke verschwand, die, voll von irgendeiner wertvollen Ware, einen widerlichen Geruch ausströmten.

Kapitän Mac Whirr hatte sich inzwischen ins Kartenhaus begeben, wo ein zwei Tage vorher angefangener Brief der Beendigung harrte. Diese langen Briefe begannen regelmäßig mit den Worten: »Geliebtes Weib!«, und der Steward, der den Fußboden zu scheuern und die Chronometerkästen abzustauben hatte, benützte eifrig jede Gelegenheit, sie zu lesen. Sie hatten für ihn entschieden mehr Interesse, als sie möglicherweise für die Frau haben mochten, für deren Augen sie bestimmt waren, und zwar deshalb, weil sie über jede glückliche Fahrt der Nan-Shan bis ins Kleinste Bericht erstatteten. Ihr Führer, der sich an Tatsachen hielt – denn nur diese spiegelte sein Bewusstsein wider – beschrieb mit diesen Berichten viele Seiten auf das Sorgfältigste. Das Haus einer nördlichen Vorstadt Londons, zu dem sie ihren Weg nahmen, hatte einen kleinen Garten vor seinen Erkerfenstern, eine hübsche, ansehnliche Vorhalle und bunt bemaltes Glas in imitierter Bleifassung an der Vordertüre. Der Kapitän bezahlte jährlich fünfundvierzig Pfund Sterling dafür und hielt die Miete nicht für zu hoch, weil Frau Mac Whirr, eine anspruchsvolle Persönlichkeit mit hagerem Halse, allgemein für eine Dame galt und in der Nachbarschaft als »ganz fein« bezeichnet wurde. Das einzige Geheimnis in ihrem Leben war das Grauen, das sie im Gedanken an die Zeit empfand, wo ihr Mann für immer heimkehren würde. Unter demselben Dache wohnte auch eine Tochter, mit Namen Lydia, und ein Sohn, Tom. Diese beiden kannten ihren Vater nur sehr wenig. Er war in ihren Augen mehr wie ein seltener, aber bevorzugter Gast, der des Abends seine Pfeife im Esszimmer rauchte und im Hause über Nacht blieb. Das schmächtige Mädchen schämte sich seiner fast ein wenig; dem Knaben aber war er gleichgültig, und in der köstlich unbefangenen, geraden Art, die Knaben von männlichem Sinne eigen ist, machte er daraus kein Hehl.

Zwölfmal im Jahre schrieb Kapitän Mac Whirr von der chinesischen Küste nach Hause, und jedes Mal bat er, die Kinder von ihm zu grüßen, und unterschrieb sich: »Dein Dich liebender Gatte«, so gleichmütig, als wären die von so vielen Männern so lange schon gebrauchten Worte abgenützte Dinge ohne viel Wert und Bedeutung.

Die chinesischen Meere sind im Norden wie im Süden ziemlich eng. Sie sind voll von Inseln, Sandbänken, Riffen, von raschen und veränderlichen Strömungen. Es sind das dort alltägliche, trotzdem aber oft recht verwickelte Dinge, die ihre eigene beredte Sprache zu dem Seemann reden. Diese Sprache hatte auf Kapitän Mac Whirrs Sinn für Tatsachen einen so mächtigen Eindruck gemacht, dass er seine Kajüte unten aufgegeben hatte und all seine Tage auf der Brücke seines Schiffes zubrachte. Manchmal ließ er sich sogar seine Mahlzeiten heraufbringen und schlief nachts im Kartenhause. Dort schrieb er auch seine Briefe nach Hause, deren jeder ohne Ausnahme den Satz enthielt: »Das Wetter ist auf dieser Fahrt sehr schön gewesen«, oder eine andere ähnlich lautende Bemerkung.

Herr Rout schrieb auch Briefe; aber niemand an Bord ahnte, wie geschwätzig er mit der Feder in der Hand sein konnte, weil der Oberingenieur Einbildungskraft genug besaß, um sein Pult verschlossen zu halten. Seine Frau war entzückt von seiner Schreibweise.

Die beiden hatten keine Kinder, und Frau Rout, eine stattliche, muntere Vierzigerin, bewohnte mit Herrn Routs ehrwürdiger, alter Mutter ein kleines Haus in der Nähe von Teddington. Mit lebhaften Augen überflog sie ihre Briefe, während sie der alten Dame am Frühstückstisch gegenüber saß, und mit fröhlicher Stimme schrie sie der Halbtauben die besonders interessanten Stellen daraus zu, ihre Aufmerksamkeit jedes Mal durch ein vorausgeschicktes schallendes: »Salomon sagt« wachrufend. Sie machte sich gerne den Spaß, Salomons Aussprüche auch Fremden gegenüber anzuführen, die sich dann höchlich über das unbekannte Schriftwort verwunderten und über die komische Lösung des Rätsels sehr belustigt waren. Als der neue Hilfsgeistliche zum ersten Male in ihrem Hause vorsprach, nahm sie Gelegenheit, zu bemerken: »Wie Salomon sagt: ›Die Ingenieure, die auf Schiffen fahren, lernen die Wunder der Seemannsnatur kennen.‹« Eine plötzliche Veränderung auf dem Gesichte ihres Besuches ließ sie verwundert innehalten.

»Salomon? – Oh! – Frau Rout –«, stotterte der junge Mann, ganz rot im Gesicht, »ich muss sagen – – ich weiß nicht – –«

»Es ist ja mein Mann«, brach sie lachend aus, warf sich dann in ihren Stuhl zurück und fuhr, das Taschentuch an die Augen gedrückt, fort, unbändig zu lachen, während der Geistliche mit einem gezwungenen Lächeln dasaß. Er hatte in Bezug auf joviale Frauen keine Erfahrung und war deshalb fest überzeugt, dass er es mit einer vollständig Irrsinnigen zu tun habe. Sie wurden indes später die besten Freunde. Er lernte verstehen, dass ihr jede unehrerbietige Absicht fern gelegen hatte, und fand in ihr eine durchaus achtungswerte Persönlichkeit; ja er vermochte nach und nach andre Bruchstücke Salomonischer Weisheit hinzunehmen, ohne mit der Wimper zu zucken.

»Mir für meinen Teil«, hatte Salomon nach der Erzählung seiner Frau einmal gesagt, »ist der stumpfsinnigste Esel als Kapitän lieber als ein Spitzbube. Einen Narren weiß man zu nehmen; ein Spitzbube aber ist hinterlistig und aalglatt.« Es war dies die geniale Verallgemeinerung eines besonderen Falles. Kapitän Mac Whirrs Ehrenhaftigkeit hatte die derbe Sinnenfälligkeit eines Erdklumpens.

Steuermann Jukes dagegen, nicht imstande zu verallgemeinern, auch nicht verheiratet und nicht verlobt, hatte sich gewöhnt, sein Herz in andrer Weise einem alten Kameraden und ehemaligen Schiffsgenossen auszuschütten, der gegenwärtig als zweiter Offizier an Bord eines atlantischen Paketschiffes diente.

Im Eingange seines Schreibens pries er gewöhnlich die Vorzüge der östlichen Schifffahrt, die er dem Dienste auf dem westlichen Ozean entschieden vorzog. Er rühmte den Himmel, die Gewässer, die Schiffe und das angenehme Leben des fernen Ostens. Von der Nan-Shan behauptete er, sie stehe an Seetüchtigkeit keinem Schiffe nach.

»Wir haben keine goldbortierten Uniformen; dafür sind wir aber hier untereinander wie Brüder«, schrieb er. »Wir essen alle zusammen und leben wie Kampfhähne. Unsere schwarzen Kerle sind durchweg so anständig, wie man sie gewöhnlich macht, und der alte Sal, ihr Chef, ist ein trockener Kunde. Wir sind sehr gute Freunde. Was unsern Alten betrifft, so kann man sich gar keinen nachsichtigeren Kapitän denken. Manchmal scheint es, als sei er zu dumm, um einen Fehler, den man macht, zu entdecken. Aber das ist es nicht, kann's nicht sein. Er ist jetzt schon viele Jahre Kapitän und macht nichts eigentlich Dummes, sondern führt sein Schiff, wie es sich gehört, ohne seine Leute zu plagen. Ich glaube, er ist nicht gescheit genug, um Geschmack daran zu finden, eine Szene zu machen. Ich mache mir dies jedoch nicht zunutz – nie – das wäre gemein. Von beruflichen Dingen abgesehen, scheint er nicht die Hälfte von dem zu verstehen, was man ihm sagt. Wir haben dadurch manchen Spaß; aber auf die Dauer ist's doch auch langweilig, mit einem solchen Menschen zusammen zu sein. Der alte Sal sagt, er könne nicht viel Konversation machen. Konversation! O Himmel! Er spricht ja überhaupt nicht. Neulich unterhielt ich mich eine kleine Weile unter der Brücke mit einem der Ingenieure, und er scheint uns gehört zu haben. Wie ich hinauf komme, um meine Wache anzutreten, tritt er aus dem Kartenhause, sieht sich sorgfältig ringsum, lugt nach den Seitenfenstern hinüber, wirft einen Blick auf den Kompass und blinzelt nach den Sternen hinauf. So macht er's regelmäßig. Endlich sagt er: ›Haben Sie eben unter der Brücke geplaudert?‹ – ›Ja, Herr Kapitän.‹ – ›Mit dem dritten Ingenieur?‹ – ›Ja, Herr Kapitän.‹ Er geht nach Steuerbord, setzt sich auf seinen kleinen Feldstuhl und gibt eine halbe Stunde lang keinen Laut von sich, außer dass er einmal niest. Endlich höre ich ihn aufstehen und auf mich zukommen. ›Ich kann mir nicht denken, was Sie zu reden haben können‹, fängt er an. ›Zwei geschlagene Stunden! Ich mache Ihnen keinen Vorwurf; ich sehe ja, wie's die Leute am Lande den ganzen Tag lang tun; und am Abend setzen sie sich hin und reden beim Trinken weiter. Sie müssen wohl immer und immerzu dasselbe sagen. Ich begreif's einfach nicht.‹

Hast Du schon so etwas gehört? Und dabei war er so sanft; er tat mir ganz leid. Aber manchmal kann man sich auch über ihn ärgern.

Natürlich möchte man nichts tun, um ihn zu betrüben, selbst wenn es sich der Mühe lohnte. Aber es lohnt sich nicht. Er ist von einer solch köstlichen Harmlosigkeit, dass, wenn man ihm eine lange Nase machte, es ihn höchstens wundernehmen würde, was einen doch angekommen sei. Einmal erklärte er mir geradezu, es falle ihm schwer, zu begreifen, warum die Leute sich immer so sonderbar benähmen. Er ist zu dickfellig, als dass man sich mit ihm abgeben möchte; das ist die Wahrheit.«

So schrieb Steuermann Jukes aus der Fülle seines Herzens und dem Reichtum seiner Fantasie an seinen Kameraden auf dem Atlantischen Ozean.

Er hatte seine aufrichtige Meinung ausgesprochen. Es lohnte sich wirklich nicht, dass man auf einen solchen Mann Eindruck zu machen suchte. Wäre die Welt voll von solchen Menschen gewesen, so hätte Jukes das Leben wahrscheinlich für eine langweilige, fade Einrichtung gehalten. Er stand übrigens nicht allein mit seiner Ansicht. Das Meer selbst, als teilte es Jukes' gutmütige Schonung, hatte sich nie aufgemacht, den stillen Mann zu erschrecken, der selten aufblickte und harmlos über die Wasser dahinfuhr mit dem einzigen erkennbaren Zweck, drei Leuten am Lande Nahrung, Kleidung und Wohnung zu verschaffen. Schlechtes Wetter hatte er ja natürlich schon kennengelernt. Er war durchnässt worden, hatte sich unbehaglich und müde gefühlt und hatte es alsbald wieder vergessen, sodass er im Ganzen recht hatte, wenn er regelmäßig von gutem Wetter nach Hause berichtete. Nie aber war in ihm die Ahnung geweckt worden von einer unendlichen Gewalt, einem maßlosen Grimme – einer Wut, die sich nie besänftigt, sondern nur erschöpft –, die Ahnung von dem Zürnen und Toben des leidenschaftlichen Meeres. Er wusste, dass es so etwas gab, wie wir von dem Vorkommen von Verbrechen und Gräueln wissen; er hatte davon gehört, wie der friedliche Bürger einer Stadt von Schlachten, Hungersnöten und Überschwemmungen hört, ohne doch zu wissen, was diese Dinge bedeuten – mag er immerhin einmal in einen Straßenauflauf verwickelt gewesen oder eines Tages um sein Mittagessen gekommen oder von einem Platzregen bis auf die Haut durchnässt worden sein. Kapitän Mac Whirr war auf der Oberfläche der Meere dahingefahren, wie manche Menschen über die Jahre ihres Lebens dahingleiten, um endlich sanft in ein stilles Grab zu sinken, ohne bis zuletzt das Leben

kennengelernt, ohne sich seinen ernsten Wirklichkeiten gegenüberge-
sehen zu haben. Es gibt zu Wasser und zu Lande solche glückliche –
oder sollen wir sagen, vom Geschick oder der See zurückgesetzte
Menschen.

2.

Kapitän Mac Whirr beobachtete das stetige Fallen des Barometers und
dachte: »Das bedeutet schlechtes Wetter.« Das war genau, was er
dachte. Er hatte schon mit mäßig schlechtem Wetter Bekanntschaft
gemacht, das heißt mit solchem, das dem Seemann nur mäßiges Unbe-
hagen verursacht. Wäre ihm von einer unbestreitbaren Autorität ver-
kündigt worden, dass das Ende der Welt durch eine atmosphärische
Katastrophe herbeigeführt werden würde, so würde diese Mitteilung
bei ihm einfach die Vorstellung von schlechtem Wetter, wie er es aus
seiner Erfahrung kannte, und von nichts andrem erweckt haben, denn
eine Sintflut hatte er noch nicht erlebt, und der Glaube schließt nicht
notwendig das Verständnis ein. Die Weisheit seines Landes hatte durch
einen Parlamentsbeschluss festgesetzt, dass er, um zur Führung eines
Schiffes tauglich erachtet zu werden, einige einfache Fragen über Zir-
kularstürme, wie Orkane, Zyklone und Taifune, zu beantworten imstande sein müsse, und er hatte sie jedenfalls beantwortet, da ihm das
Kommando der Nan-Shan zur Zeit der Taifune in den chinesischen
Meeren übertragen war. Wenn er sie aber auch beantwortet hatte, so
war ihm doch nichts davon im Gedächtnis geblieben. Indessen fühlte
er sich höchst unbehaglich infolge der drückenden Hitze. Er ging auf
die Kommandobrücke hinaus, fand aber auch hier nicht die gewünschte
Erquickung. Die Luft schien zum Schneiden dick. Er schnappte wie
ein Fisch und begann sich entschieden unwohl zu fühlen.

Die Nan-Shan pflügte eine rasch verschwindende Furche in die See,
deren schimmernde Fläche einem ungeheuren, wellenförmig gehobenen
Stück grauer Seide glich. Die bleiche, strahlenlose Sonne verbreitete
glühende Hitze und ein eigentümlich unbestimmtes Licht. Die Chinesen
lagen erschöpft auf den Decks herum. Mit ihren schmalen, blutlosen,
gelben Gesichtern sahen sie aus wie Leberleidende. Zwei von ihnen
fielen dem Kapitän besonders auf; sie lagen unterhalb der Brücke aus-

gestreckt auf dem Rücken, und sobald sie die Augen schlossen, konnte man sie für tot halten. Etwas weiter nach vorn zankten sich drei andre aufs Heftigste; ein großer, halbnackter Bursche mit herkulischen Schultern hing wie gelähmt über einer Winde; wieder ein andrer saß mit hinaufgezogenen Knien da, ließ den Kopf seitwärts hängen wie ein müdes Weib und flocht seinen Zopf mit dem Ausdruck unendlicher Mattigkeit, die sich in jeder Linie seines Körpers und in jeder Bewegung seiner Finger kundgab. Mit Mühe arbeitete sich der Rauch aus dem Schornstein, und anstatt sich zu verziehen, hing er wie eine unheilschwangere Wolke über dem Schiffe, einen schwefeligen Dunst verbreitend und einen Regen von Ruß herabsendend.

»Was zum Teufel machen Sie da, Jukes?«, fragte Kapitän Mac Whirr.

Diese ungewöhnliche Form der Anrede – wenn auch mehr gemurmelt als gesprochen – ließ den ersten Steuermann auffahren, als wenn ihm jemand einen Stoß unter die fünfte Rippe versetzt hätte. Er hatte sich eine niedrige Bank auf die Brücke bringen lassen und saß dort, das Ende eines Strickes um die Füße gewunden, ein Stück Segeltuch auf den Knien ausgebreitet, in der Hand eine Segelnadel, die er eifrig handhabte. Mit dem Ausdruck der Unschuld und Aufrichtigkeit eines Kindes, blickte er überrascht zu seinem Kapitän auf.

»Ich wollte nur Stricke an einige von den Säcken nähen, die wir auf der letzten Fahrt zum Kohlenaufwinden gemacht haben«, erwiderte er gelassen.

»Wo sind denn die alten hingekommen?«

»Sie sind zerrissen, Herr Kapitän; nicht mehr zu gebrauchen.«

Kapitän Mac Whirr starrte seinen ersten Steuermann eine Weile unentschlossen an und gab sodann der düsteren Überzeugung Ausdruck, dass gewiss mehr als die Hälfte der alten Säcke über Bord gefallen sei, »wenn man nur die Wahrheit wüsste«, worauf er sich ans andre Ende der Brücke zurückzog. Der durch solch ungerechtfertigten Vorwurf gereizte Jukes zerbrach beim zweiten Stich die Nadel, ließ seine Arbeit fallen und erhob sich, heftig, wenn auch in unterdrücktem Tone über die Hitze fluchend.

Die Schraube schlug. Die drei Chinesen auf dem Vorderdeck hatten mit einem Male zu streiten aufgehört und der, welcher vorhin seinen Zopf geflochten, hatte die Arme um seine Beine geschlungen und starrte mit niedergeschlagener Miene über seine Knie weg. Das fahle

Sonnenlicht warf schwache, bleiche Schatten. Die See ging mit jedem Augenblick höher und ungestümer und das Schiff schlingerte stark.

»Möchte nur wissen, wo diese scheußliche Dünung herkommt.«

»Von Nordosten«, knurrte der Mann des Buchstabens, Mac Whirr, von der entgegengesetzten Seite der Brücke herüber. »Es liegt schlechtes Wetter in der Luft. Gehen Sie einmal hinein und sehen sich das Wetterglas an.«

Als Jukes aus dem Kartenhause zurückkam, war der Ausdruck seines Gesichtes sehr nachdenklich, ja sorgenvoll. Er griff nach dem Brückengeländer und sah starr nach vorn.

Die Temperatur im Maschinenraume war auf 47 °C gestiegen. Aus dem Oberlicht und durch die Luke des Heizraumes drang der Ton wilder, erregter Stimmen herauf, gemischt mit dem Dröhnen und Klirren von Metall, wie wenn Männer mit eisernen Gliedern und ehernen Kehlen da unten in Streit geraten wären. Der zweite Ingenieur schalt die Heizer, weil sie das Feuer nicht lebhaft genug unterhalten hatten. Er war ein Mann wie ein Grobschmied und allgemein gefürchtet; heute aber hielten ihm seine Untergebenen rücksichtslosen Widerpart. Mit der Wut der Verzweiflung schlugen sie vor seinen Augen die Ofentüren zu. Plötzlich verstummte der Lärm unten, und dem Heizraume entstieg der zweite Ingenieur, mit Ruß bedeckt und triefend nass wie ein aus dem Wasser gezogener Schornsteinfeger. Sobald sein Kopf über den Rand der Luke hervorsah, fing er an, Jukes zu schelten, dass er die Ventilatoren des Heizraumes nicht in Ordnung halte, worauf Jukes auf der Brücke mit den Händen besänftigende, erklärende Gebärden machte, die ihm bedeuten sollten, es sei kein Wind da und deshalb nichts zu machen; er solle nur selbst nachsehen. Aber der andre wollte keine Vernunft annehmen. Wütend blitzten die Zähne in seinem geschwärzten Gesichte. Es komme ihm bei seiner Seele nicht darauf an, schrie er, denen da unten die Köpfe zusammenzustoßen, er wolle aber nur fragen, ob denn die verdammten Matrosen glaubten, er könne einfach dadurch Dampf in dem gottverlassenen Kessel erhalten, dass er die elenden Heizer herumstoße. Nein, beim heiligen Georg! Man brauche dazu auch einigen Luftzug! Verflucht sollten die Matrosen sein, wenn sie ihn nicht schaffen könnten! Und dazu sein Chef, der seit heute Mittag wie besessen vor den Dampfmessern hin und her laufe und sich wie ein Verrückter gebärde! Wozu denn Jukes meine, dass man ihn da hinaufgestellt habe, wenn er nicht einmal einen seiner heruntergekommenen, nichtsnutzigen Deckkrüppel dazu bringen könne, die Ventilatoren gegen den Wind zu drehen.

Die Beziehungen zwischen dem »Maschinenraum« und dem »Deck« der Nan-Shan waren, wie bekannt, brüderlicher Natur; deshalb beugte sich Jukes herunter und ersuchte den andern, sich nicht wie ein dummer Esel zu benehmen; der Kapitän befinde sich auf der andern Seite der Brücke. Der zweite Ingenieur hinwiederum erklärte in respektwidrigem Tone, er kümmere sich keinen Pfifferling darum, wer auf der andern Seite der Brücke sei, worauf Jukes, wie der Blitz von vornehmer Missbilligung zu leidenschaftlicher Erregung übergehend, ihn in wenig schmeichelhaften Ausdrücken ersuchte, heraufzukommen und so viel Wind zu fangen, als ein Esel wie er finden könne. Der Ingenieur stieg vollends hinauf und stürzte sich auf den Backbordventilator, als wolle er ihn auf der Stelle ausreißen und über Bord werfen. Allein mit Aufbietung aller Kraft vermochte er die Kappe nur eben einige Zoll weit herumzudrehen, und schien von dieser Anstrengung völlig erschöpft. Er lehnte sich mit dem Rücken an das Steuerhaus. Jukes ging zu ihm hin. »Großer Gott!«, rief der Ingenieur mit tonloser Stimme, hob die Augen erst zum Himmel auf und ließ dann seinen gläsernen Blick zum Horizont herabgleiten, der, bis zu einem Winkel von 40 Grad in die Höhe kippend, eine Weile in schräger Richtung zu hängen schien und dann langsam wieder herunter kam. »Himmel! Puh! Was ist das?«

Jukes spreizte seine langen Beine wie die zwei Enden eines Zirkels und nahm eine überlegene Miene an. »Diesmal kriegen wir's tüchtig«, sagte er. »Das Barometer fällt immerzu. Und dabei fangen Sie solch einen Skandal an, Harry.«

Das Wort »Barometer« schien den Zorn des Ingenieurs aufs Neue zu entflammen. Wer sich denn um sein verfluchtes Barometer kümmere? Der Dampf sei die Hauptsache, und er könne ihn nicht mehr aufbringen; er führe ein Leben, schlimmer als der elendeste Hund, bei den in Ohnmacht fallenden Heizern drunten und dem verrückt gewordenen Chef dazu; seinetwegen könne die ganze Geschichte zum Teufel gehen, so bald sie wolle. Er schien im nächsten Augenblick in Tränen ausbrechen zu wollen. Plötzlich aber raffte er sich zusammen, murmelte dumpf: »Ich will sie in Ohnmacht fallen lehren«, und stürzte davon. Ehe er jedoch in der Luke verschwand, hielt an und ballte die Faust gegen das unnatürliche Tageslicht, worauf er mit lautem »Ho! Ho!« in der dunklen Tiefe versank.

Als Jukes sich umwandte, fiel sein Blick auf den runden Rücken und die großen roten Ohren des Kapitäns, der zu ihm herüber gekommen war. Ohne seinen ersten Steuermann anzusehen, sagte er: »Das ist ein jähzorniger Mensch, dieser zweite Ingenieur.«

»Aber sonst ein ganz tüchtiger Kerl«, knurrte Jukes. »Sie können nicht genug Dampf aufbringen«, fügte er rasch hinzu, und griff hastig nach der Reling, um sich gegen den Anprall einer heranrollenden See aufrecht zu halten. Der Kapitän, der nicht vorbereitet war, taumelte zur Seite, vermochte sich aber durch einen energischen Ruck mit Hilfe einer Sonnendeckstütze wieder aufzurichten.

»Ein gottloser Mensch«, begann er aufs Neue. »Wenn er so fortmacht, werde ich mich bei nächster Gelegenheit seiner entledigen müssen.«

»Es ist die Hitze«, sagte Jukes. »Das Wetter ist grässlich; es könnte einen Heiligen zum Fluchen bringen. Sogar hier oben ist es mir, als ob mein Kopf mit einer wollenen Bettdecke umwickelt wäre.«

Kapitän Mac Whirr blickte auf. »Wollen Sie sagen, Herr Jukes, dass Sie schon einmal den Kopf mit einer wollenen Bettdecke umwickelt gehabt haben? Wozu geschah das?«

»Das ist nur so eine Redensart«, antwortete Jukes betreten.

»Sonderbare Redensarten das! Was soll das heißen: Heilige, die fluchen! Ich wollte wirklich, Sie redeten nicht so toll daher. Was für eine Art von Heiliger wäre das, der fluchen würde? So wenig ein Heiliger wie Sie, sollte ich meinen. Und was eine wollene Bettdecke damit zu tun hat – oder auch die Hitze … Mich bringt die Hitze nicht zum Fluchen – oder? Es ist die böse Laune, der Zorn. Das ist's. Und was soll es nützen, dass Sie so daherreden?«

Auf solche Weise ereiferte sich Kapitän Mac Whirr gegen den Gebrauch bildlicher Redeweise und schloss dann mit den ingrimmig herausgestoßenen Worten: »Verdammt! Ich werde ihn aus dem Schiff hinausfeuern, wenn er nicht auf seiner Hut ist.«

Und der unverbesserliche Jukes dachte: »Du meine Güte! Es muss ihm jemand eine neue Innenseite eingesetzt haben. Ich kenne ihn nicht wieder, 's ist natürlich das Wetter; was denn sonst? Es könnte einen Engel zänkisch machen, geschweige einen Heiligen.«

Alle Chinesen auf Deck schienen in den letzten Zügen zu liegen.

Der Durchmesser der untergehenden Sonne war kleiner als sonst, und ihre Glut zeigte ein strahlenloses, erlöschendes Braun, als ob seit dem Morgen Millionen von Jahrhunderten vergangen wären und sie ihrem Ende nahe gebracht hätten. Im Norden wurde eine dicke Wolkenschicht von düsterer, olivengrüner Farbe sichtbar, die regungslos tief am Horizont über dem Meere lag und dem Schiff den Weg zu versperren schien. Mühsam, ruckweise arbeitete es sich darauf zu, wie ein zu Tode gehetztes Geschöpf. Das kupferfarbene Zwielicht verschwand allmählich und die Dunkelheit brachte einen Schwarm großer, unsteter Sterne zum Vorschein. Sie flackerten unruhig hin und her, als ob sie angeblasen würden, und schienen der Erde viel näher zu sein als sonst.

Um acht Uhr begab sich Jukes nach dem Kartenhaus, um den nach jeder Wache üblichen Eintrag ins Logbuch zu machen. Er schrieb die Zahl der zurückgelegten Meilen, den Lauf des Schiffes sorgfältig aus dem Konzeptbuch ab; über die mit »Wind« bezeichnete Spalte kritzelte er von oben bis unten das Wort »still« für die acht Stunden seit dem Mittag. Das fortwährende gleichmäßige Schlingern des Schiffes reizte ihn förmlich. Das schwere Tintenfass glitt immer aufs Neue wieder von ihm weg, sodass man hätte glauben können, es sei von einem bösen Geiste des Widerspruchs besessen, der es mit Absicht der Feder ausweichen ließ. Nachdem er in den für »Bemerkungen« freigelassenen weiten Raum »Hitze sehr drückend« geschrieben hatte, steckte er den Federhalter wie eine Pfeife in den Mund und wischte sein Gesicht sorgfältig ab.

»Schiff schlingert stark – hoher Seegang«, fing er wieder an z˙ schreiben, und bemerkte für sich: »Stark ist eigentlich nicht das rechte Wort.« Dann schrieb er: »Sonnenuntergang drohend, mit einer tiefstehenden Wolkenbank im Norden und Osten. Himmel oben hell.«

Den Federhalter im Munde, die Arme fest auf die Tischplatte gestemmt, blickte er durch die offene Tür und sah in dem Rahmen ihrer Teakholzpfosten alle Sterne am nächtlich dunklen Himmel in die Höhe fliegen. Das ganze Heer ergriff die Flucht und verschwand; was zurückblieb, war eine schwarze, von weißen Flecken unterbrochene Fläche, denn das Meer war so schwarz wie der Himmel und weithin mit Schaum gesprenkelt. Die Sterne, die mit der Hebung der See geflohen waren, kamen mit dem Rückschwung des Schiffes zurück und fielen herunter, nicht wie feurige Punkte, sondern zu kleinen Scheiben vergrößert, die in hellem, feuchten Schimmer funkelten.

Einen Augenblick beobachtete Jukes die fliegenden Sterne, dann schrieb er: »Acht Uhr abends. Die See geht immer höher. Schiff arbeitet schwer. Sturzseen. Kulis für die Nacht eingeschlossen. Barometer fällt immer noch.« Er hielt inne und dachte: »Wer weiß, ob schließlich etwas Besonderes daraus wird.« Dann schloss er seine Einträge, indem er mit fester Hand schrieb: »Alle Anzeichen eines bevorstehenden Taifuns.«

Als er das Kartenhaus verließ, musste er auf die Seite treten, um Kapitän Mac Whirr vorbeizulassen, der die Schwelle überschritt, ohne ein Wort zu sagen oder ein Zeichen zu machen.

»Schließen Sie die Tür, Herr Jukes!«, rief er von innen.

Jukes wandte sich zurück und gehorchte, spöttisch murmelnd: »Er fürchtet wahrscheinlich, sich zu erkälten.« Er hatte die Wache unten, aber er dürstete nach Aussprache mit seinesgleichen. In munterem Tone bemerkte er zum zweiten Steuermann: »Na, schließlich sieht's doch nicht gar so schlimm aus – was?«

Der zweite Steuermann ging auf der Brücke auf und ab, trippelte den einen Augenblick mit kleinen Schritten hinunter und kletterte im nächsten mit Mühe das abschüssige Deck wieder hinauf. Als er Jukes' Stimme hörte, blieb er stehen und sah ihn an, erwiderte aber kein Wort. »Hallo, das ist eine schwere!«, rief Jukes und bückte sich, um der Bewegung des Schiffes zu begegnen, bis seine herabhängende Hand die Planken berührte. Diesmal ließ der zweite Steuermann ein unfreundliches Grunzen vernehmen. Er war ein ältliches, kümmerlich aussehendes Männlein mit schlechten Zähnen und bartlosem Gesicht. Man hatte ihn in der Eile in Schanghai angemustert, damals, als der zweite Steuermann, den man von Hause mitgebracht, dem Schiffe einen dreistündigen Aufenthalt verursacht hatte, indem er es fertigbrachte (Kapitän Mac Whirr konnte nie verstehen, wie), über Bord in ein leeres Kohlenschiff zu fallen, sodass man ihn wegen einer Gehirnerschütterung und eines oder zwei gebrochener Glieder ans Land und ins Spital hatte schicken müssen. Jukes ließ sich durch das abweisende Grunzen nicht entmutigen. »Bei den Chinesen da unten mag's lustig zugehen«, fing er wieder an. »'s ist nur ein Glück für sie, dass das alte Mädchen den leichtesten Gang von allen Schiffen hat, die ich kenne. Da! – Die war schon nicht mehr so schlimm!«

»Warten Sie nur!«, knurrte der zweite Steuermann.

Mit seiner scharfen, an der Spitze geröteten Nase und seinen dünnen, zusammengekniffenen Lippen sah er immer aus, als ob er innerlich wütend sei, und in seiner Rede war er kurz bis zur Unhöflichkeit. Alle seine dienstfreie Zeit verbrachte er in seiner Koje, wo er sich hinter der geschlossenen Tür so still verhielt, dass man vermutete, er schlafe ein, so bald er darin verschwunden; allein der Mann, der hineinging, um ihn zu seiner Wache auf Deck zu holen, fand ihn ein wie das andre Mal mit weit offenen Augen auf seiner Schlafbank flach auf dem Rücken liegend und mit mürrischem Ausdruck von seinem schmutzigen Kopfkissen in die Höhe starrend. Er schrieb nie einen Brief und schien nie auf Nachricht von irgendwoher zu warten; ein einziges Mal hatte man ihn West-Hartlepool erwähnen hören, wo er nach seiner Meinung durch die ungeheuerlichen Rechnungen eines Logierhauses übers Ohr gehauen worden war. Er war einer von denen, die man aus Not da oder dort in einem Hafen aufliest. Sie haben gerade genügende Kenntnisse, sind völlig mittellos und machen, ohne Anzeichen irgendeines besonderen Lasters an sich zu haben, den Eindruck bankrotter Existenzen. Sie kommen im Augenblick der Not an Bord, haben keine Anhänglichkeit an irgendein Schiff, leben in ihrer eigenen Atmosphäre unter ihren Schiffsgenossen, denen sie fremd bleiben, und lieben es, zu unpassender Zeit wieder davonzugehen. In irgendeinem gottverlassenen Hafen, wo andre sich fürchten würden, ausgesetzt zu werden, verlassen sie das Schiff, ohne erst Abschied zu nehmen, und gehen an Land in Gesellschaft einer schäbigen, wie ein Schatzkasten verschnürten Seekiste, und mit einer Miene, als schüttelten sie den Staub des Schiffes von ihren Füßen.

»Warten Sie nur!«, wiederholte der Mann und balancierte in großen Schwingungen, während er Jukes den Rücken zukehrte.

»Wollen Sie damit sagen, dass es diesmal schlimm werden kann?«, fragte Jukes mit knabenhaftem Interesse.

»Sagen? … Ich sage gar nichts. Mich fangen Sie nicht«, fuhr ihn der kleine zweite Steuermann mit einer Mischung von Stolz, Verachtung und Schlauheit an, als wäre Jukes' Frage eine klug entdeckte Falle. »O nein! Keiner soll mich zum Narren machen«, murmelte er.

Jukes sagte sich in diesem Augenblick, dieser zweite Steuermann sei ein gemeiner kleiner Kerl, und wünschte von Herzen, der arme Jack Allen möchte lieber nicht in das Kohlenschiff gestürzt sein.

Das ferne dunkle Etwas in gerader Richtung vor dem Schiff war wie eine jenseits der gestirnten Erdennacht liegende andre Nacht – die sternenlose, schweigende Nacht der Unermesslichkeiten jenseits des geschaffenen Weltalls.

»Was auch da vor uns liegen mag«, sagte Jukes, »wir dampfen gerade darauf los.«

»*Sie* haben's gesagt«, bemerkte der zweite Steuermann heftig, während er Jukes immer noch den Rücken kehrte. »*Sie* haben's gesagt, wohlgemerkt – nicht ich.«

»Ach, gehen Sie nach Jericho«, rief Jukes ärgerlich.

Der andre ließ ein triumphierendes, kurzes Kichern hören. »Sie haben's gesagt«, wiederholte er.

»Nun und was weiter?«

»Ich hab's schon mehr als einmal erlebt, dass wirklich tüchtige Leute es mit ihrem Kapitän verdorben haben, die verdammt viel weniger gesagt haben«, antwortete der zweite Steuermann ganz aufgeregt, und setzte hinzu: »O nein, mich fangen Sie nicht.«

»Ihnen scheint verteufelt viel daran gelegen zu sein, sich nicht in Ungelegenheiten zu bringen«, sagte Jukes, über solche Albernheit ernstlich aufgebracht. »Ich würde mich nicht fürchten, zu sagen, was ich denke.«

»Jawohl, zu mir! Das ist keine große Kunst. Ich bin niemand; das weiß ich wohl.«

Nach einer Pause verhältnismäßiger Ruhe begann das Schiff aufs Neue und immer heftiger zu schlingern, sodass Jukes vorerst genug zu tun hatte, sich im Gleichgewicht zu halten, und keine Zeit fand, den Mund zu öffnen. Sobald aber die Heftigkeit der Bewegung etwas nachgelassen hatte, sagte er: »Das ist des Guten etwas zu viel. Ob irgendetwas kommt oder nicht, jedenfalls sollte das Schiff gegen die Dünung gebracht werden. Der Alte ist eben hineingegangen. Hol' mich der Henker, wenn ich nicht mit ihm rede!«

Als Jukes aber die Tür des Kartenhauses öffnete, erblickte er seinen Kapitän in einem Buche lesend. Kapitän Mac Whirr hatte sich nicht hingelegt; er stand aufrecht und hielt sich mit der einen Hand an der

Ecke des Büchergestells fest, während er sich mit der andern einen dicken Band offen vors Gesicht hielt. Die Lampe wurde hin und her geschwungen; die lose stehenden Bücher auf dem Brett fielen von einer Seite auf die andre; das lange Barometer bewegte sich ruckweise in Halbkreisschwingungen; die Tischplatte änderte jeden Augenblick ihre Richtung. Mitten in all dieser Unruhe, diesem Aufruhr stand Mac Whirr unbeweglich. Jetzt erhob er seine Augen etwas über den oberen Rand des Buches und fragte: »Was gibt's?«

»Die See geht immer höher, Herr Kapitän.«

»Das hab ich hier innen auch gemerkt«, murmelte der Kapitän. »Irgendetwas passiert?«

Jukes, den der tiefe Ernst der Augen, die ihn über das Buch weg ansahen, bestürzt machte, lächelte verlegen. »Das Schiff rollt wie ein alter Wagenkasten«, bemerkte er blöde.

»Ja – schlimm – sehr schlimm. – Was wünschen Sie?«

Bei dieser Frage verlor Jukes den Boden unter den Füßen, und wie ein Mann, der nach einem Strohhalm greift, antwortete er: »Ich dachte an unsre Passagiere.«

»Passagiere?«, fragte der Kapitän verwundert. »Was für Passagiere denn?«

»Nun, die Chinesen, Herr Kapitän«, erklärte Jukes, dem die Unterhaltung immer peinlicher wurde.

»Die Chinesen! Warum reden Sie nicht deutlich? Konnte mir nicht denken, was Sie meinten. Hab noch nie eine Herde Kulis Passagiere nennen hören. Passagiere – wahrhaftig! Was fällt Ihnen ein?«

Und der Kapitän schloss das Buch über seinem Zeigefinger, ließ seinen Arm sinken und sah ganz verblüfft drein. »Warum denken Sie an die Chinesen, Herr Jukes?«, fragte er.

Jukes fasste sich ein Herz. Mit dem Mute der Verzweiflung sagte er: »Die Decks sind voll Wasser, Herr Kapitän. Ich dachte, man sollte das Schiff wenden, für eine Weile nur, bis die See sich etwas beruhigt hat – was jedenfalls sehr bald geschehen wird; nach Osten steuern – ich hab noch nie ein Schiff so stark schlingern sehen.«

Er blieb unter der Tür stehen, und Kapitän Mac Whirr, dem das Festhalten an dem Bücherbrett nicht mehr angemessen erschien, entschloss sich kurz, es fahren zu lassen, und fiel schwer aufs Sofa nieder.

»Nach Osten?«, fragte er, indem er sich bemühte, sich aufzusetzen. »Das wäre mehr als vier Punkte von seinem Kurs ab.«

»Ja, Herr Kapitän, fünfzig Grad ... Würde das Vorderteil gerade weit genug herum bringen, um diesem Seegang zu begegnen ...«

Kapitän Mac Whirr saß jetzt aufrecht. Er hatte das Buch nicht aus der Hand gelegt und seine Stelle darin nicht verloren. »Nach Osten?«, wiederholte er, mit steigender Verwunderung. »Nach ... wohin meinen Sie, dass wir fahren? Sie wollen, dass ich ein mir anvertrautes Schiff vier Punkte weit von seinem Kurs wenden soll, um – es den Chinesen gemütlicher zu machen. Nun, ich hab schon von mehr als genug Dummheiten gehört, die in der Welt geschehen sind – aber so was Dummes ... Wenn ich Sie nicht kennte, Jukes, so würde ich glauben, Sie sprächen im Rausche. Vier Punkte weit abdrehen ... und was dann? Vier weitere Punkte nach der andern Richtung wahrscheinlich, um wieder auf den rechten Kurs zurückzukommen. Wie kommen Sie darauf, ich könnte einen Dampfer steuern, als ob er ein Segelschiff wäre?«

»Ein Glück, dass er keines ist«, warf Jukes bitter ein, »es wäre sonst heute Nachmittag vollends alles über Bord gegangen.«

»Ja, und Sie hätten nichts dabei machen können, als zusehen«, sagte der Kapitän mit ziemlicher Lebhaftigkeit. »Vollkommen windstill, nicht wahr?«

»Ja, Herr Kapitän. Aber es muss etwas Außergewöhnliches im Anzuge sein – ganz gewiss.«

»Kann sein. Ich glaube, Sie meinen, ich sollte dem schlechten Wetter aus dem Wege gehen«, sagte Kapitän Mac Whirr so einfach und ruhig als möglich, während sein Blick fest auf das Wachstuch gerichtet war, das den Boden bedeckte, sodass er weder die Niedergeschlagenheit seines ersten Steuermanns, noch das Gemisch von Ärger und achtungsvollem Staunen in dessen Gesicht bemerkte.

»Da ist nun dieses Buch«, fuhr er bedächtig fort, und schlug sich mit dem geschlossenen Bande auf den Schenkel. »Ich habe eben das Kapitel über die Stürme gelesen.«

Das war richtig. Er hatte das Kapitel über die Stürme gelesen. Als er ins Kartenhaus eingetreten war, hatte er nicht die Absicht gehabt, das Buch zur Hand zu nehmen. Irgendein Einfluss in der Luft – derselbe vielleicht, der den Steward veranlasst hatte, ungeheißen die

Wasserstiefel und das Ölzeug des Kapitäns ins Kartenhaus heraufzubringen – musste seine Hand an das Bücherbrett geführt haben, und ohne sich Zeit zu nehmen, niederzusitzen, hatte er sich mit aller Anstrengung in die fachmännische Terminologie hineingearbeitet. Er verlor sich förmlich in den weitschweifigen Erörterungen über fortschreitende Halbkreise, links- und rechtsseitige Quadranten, Fahrtkurven, wahrscheinliche Lage des Mittelpunktes, Windwechsel und Barometerstand. Er suchte, alle diese Dinge in bestimmte Beziehung zu sich selbst zu bringen, und geriet schließlich in eine förmliche Wut über eine solche Masse von Regeln und Ratschlägen, die nur auf Theorien und Vermutungen beruhten und keinen Schimmer von Gewissheit hatten.

»'s ist eine verdammte Geschichte, Jukes«, sagte er. »Wenn einer alles das glaubte, was in dem Buche steht, so müsste er seine meiste Zeit damit zubringen, auf dem Meere hin und her zu fahren, um dem Wetter auszuweichen.«

Wieder schlug er sich mit dem Buche auf das Bein, und Jukes öffnete den Mund, sagte aber kein Wort.

»Dem Wetter ausweichen! Verstehen Sie das, Herr Jukes? 's ist verrückt!«, stieß der Kapitän hervor, während seine Blicke den Fußboden zu durchbohren schienen. »Man sollte meinen, ein altes Weib habe das Zeug geschrieben. Ich versteh's einfach nicht. Wenn ich mich danach richten wollte, so müsste ich sofort den Kurs ändern, der Teufel weiß wohin, um schließlich von Norden her nach Futschou hinunter zu kommen, wenn der Sturm vorbei ist, der jetzt auf uns zukommt. Von Norden her! Hören Sie, Jukes? Das macht dreihundert Meilen extra, und eine schöne Kohlenrechnung würde das geben. Dazu könnte ich mich nicht entschließen, wenn auch jedes Wort in dem Buche wahr wäre wie das Evangelium. Erwarten Sie nicht von mir ...«

Jukes verharrte in schweigender Verwunderung ob solcher Lebhaftigkeit und Beredsamkeit.

»Aber in Wahrheit weiß ja kein Mensch, ob der Kerl überhaupt recht hat. Wie kann man sagen, welcher Art ein Sturm ist, ehe er noch da ist? Da heißt es zum Beispiel, dass der Mittelpunkt dieser Dinger acht Striche vom Winde abpeilt; aber wir haben gar keinen Wind, so tief auch das Barometer steht. Wo bleibt da sein Mittelpunkt?«

»Wir werden den Wind sofort bekommen«, murmelte Jukes.

»So lassen Sie ihn kommen«, sagte Kapitän Mac Whirr mit würde-voller Entrüstung. »Ich habe Ihnen das nur gesagt, Herr Jukes, damit Sie sehen, dass man sich nicht an die Bücher halten kann. All diese Regeln, wie man den Stürmen ausweichen und die Winde des Himmels überlisten soll, erscheinen mir, bei Licht betrachtet, als die größte Tollheit.« Er erhob den Blick, bemerkte, dass Jukes ihn halb ungläubig ansah, und versuchte, seine Meinung deutlicher zu machen. »Ungefähr ebenso verrückt wie Ihre sonderbare Idee, ich solle den Kurs des Schiffes auf ich weiß nicht wie lange ändern, um es den Chinesen be-haglicher zu machen, während alles, was wir zu tun haben, darin be-steht, sie nach Futschou zu bringen, und zwar bis Freitag Vormittag. Wenn mich das Wetter aufhält, so kann ich's nicht ändern; Ihr Logbuch gibt darüber Rechenschaft. Wenn ich nun aber einen Umweg machte und zwei Tage später einliefe und man mich fragte: ›Wo sind Sie so lange geblieben, Kapitän?‹ – was könnte ich da antworten? ›Bin dem schlechten Wetter ausgewichen‹, würd' ich sagen. ›Das muss verdammt schlechtes Wetter gewesen sein‹, würde man antworten. ›Weiß nicht‹, müsst' ich sagen, ›ich hab nichts davon gesehen, bin ihm vollständig aus dem Weg gegangen.‹ Sehen Sie, Jukes? Ich hab den ganzen Nach-mittag über die Sache nachgedacht.« Wieder sah er Jukes mit seinen blicklosen, blöden Augen an. Kein Mensch hatte ihn je so viel auf einmal sprechen hören. Jukes kam sich vor, als sei er ausersehen, ein Wunder zu schauen. Grenzenloses Erstaunen sprach aus seinen Blicken, während sich in seinen Zügen ungläubige Verwunderung malte.

»Ein Sturm ist ein Sturm, Herr Jukes«, fing der Kapitän von Neuem an, »und ein tüchtiges Dampfschiff muss ihm standhalten. Es geht viel schlechtes Wetter in der Welt um, und das Beste ist, sich hindurchzu-schlagen ohne das, was Kapitän Wilson ›Sturmstrategie‹ nennt. Neulich hörte ich ihn in einer Wirtschaft am Lande zu einem Haufen von Schiffskapitänen sprechen, die sich an einem Tisch neben dem meinigen zusammengefunden hatten. Was er sagte, schien mir der größte Unsinn zu sein. Er erzählte ihnen, wie er um einen furchtbaren Sturm herum manövriert habe, sodass er stets wenigstens fünfzig Meilen davon ent-fernt geblieben sei. Ein feines Stück Kopfarbeit nannte er das. Wie er wissen konnte, dass in einer Entfernung von fünfzig Meilen ein furchtbarer Sturm herrschte, geht über meinen Horizont. Es war, als ob man einem Irrsinnigen zuhörte. Ich hätte gedacht, Kapitän Wilson wäre alt genug, um gescheiter zu sein.«

Kapitän Mac Whirr schwieg einen Augenblick und sagte dann: »Sie haben die Wache unten, Jukes?«

Diese Frage brachte Jukes wieder zu sich.

»Ja, Herr Kapitän«, antwortete er rasch.

»Geben Sie Befehl, dass man mich ruft, sobald sich die geringste Veränderung zeigt«, sagte der Kapitän. Er langte nach oben, um das Buch wegzustellen. Dann zog er die Beine aufs Sofa. »Machen Sie die Tür zu, dass sie nicht auffliegen kann, bitte! Ich kann's nicht ausstehen, wenn eine Tür schlägt. Die Hälfte aller Schlösser auf dem Schiff taugt nichts.«

Kapitän Mac Whirr schloss die Augen. Er wollte ausruhen. Er war müde und empfand jenes Gefühl geistiger Leere, wie es sich nach einer erschöpfenden Auseinandersetzung einzustellen pflegt, durch die man einer in Jahren stillen Nachdenkens gereiften Überzeugung Ausdruck verliehen hat. Ohne es selbst zu wissen, hatte er in der Tat sein Glaubensbekenntnis abgelegt, unter dessen Eindruck Jukes auf der andern Seite der Tür lange Zeit, sich den Kopf krauend, stehen blieb. – – Kapitän Mac Whirr öffnete die Augen. Er glaubte geschlafen zu haben. Was war das für ein Lärm? Wind? Warum hatte man ihn nicht gerufen? Die Lampe wurde kräftig hin und her geworfen, das Barometer schwang sich im Kreise, die Tischplatte wechselte fortwährend die Richtung; ein Paar alter Wasserstiefel mit zusammengedrückten Spitzen glitten an dem Sofa vorbei. Augenblicklich streckte der Kapitän die Hand aus und fing den einen davon ein.

Jetzt erschien Jukes' Gesicht in der nur wenig geöffneten Tür; nur sein Gesicht, stark gerötet, mit weit offenen Augen. Die Lampe flammte auf, ein Stück Papier flog in die Höhe, ein Luftstrom umhüllte den Kapitän. Während er sich anschickte, den einen Stiefel anzuziehen, richtete er den Blick fragend auf Jukes' erhitztes, aufgeregtes Gesicht.

»Erst vor fünf Minuten fing es an«, schrie dieser, »ganz plötzlich.«

Er zog seinen Kopf zurück und schlug die Tür zu. Ein Schauer von klatschend aufschlagenden Tropfen fuhr über die geschlossene Tür hin, wie wenn ein Eimer voll geschmolzenen Bleis gegen das Haus geworfen würde. Jetzt konnte man über dem dumpfen Lärm draußen ein Pfeifen vernehmen. Das wohlverwahrte Kartenhaus war plötzlich so voll Zugluft wie ein offener Schuppen. Kapitän Mac Whirr fing den andern Stiefel ein, der eben auf dem Fußboden an ihm vorbeigaloppieren wollte. Die Schuhe, die er weggeworfen hatte, tanzten von einem Ende des Raumes zum andern, sich überkugelnd wie spielende junge Hunde. Sobald er aufrecht in seinen Stiefeln stand, stieß er ingrimmig nach ihnen, doch ohne Erfolg.

Er warf sich in die Stellung eines weitauslegenden Fechters, um seinen Ölrock zu ergreifen, und schwankte dann im ganzen Zimmer umher, während er sich in ihn hineinarbeitete. Mit ernster Miene, die Beine weit auseinander gespreizt, den Hals emporgestreckt, machte er sich daran, mit unbeholfenen, leicht zitternden Fingern die Bänder seines Südwesters sorgfältig unter dem Kinn festzubinden. Seine Bewegungen glichen genau denen einer Frau, die vor dem Spiegel ihren Hut aufsetzt. Dabei lauschte er angestrengt, als erwarte er jeden Augenblick, in dem Aufruhr, der sein Schiff umringte, seinen Namen rufen zu hören. Das Getöse wurde immer stärker, während er sich bereit machte, hinauszugehen und dem Kommenden, was es auch sein mochte, die Stirne zu bieten. Das Heulen des Windes, das krachende Brechen der Wogen vermischte sich mit jenem andauernden dumpfen Dröhnen in der Luft, das wie der Laut einer ungeheuern, weit entfernten Trommel klingt, die zum Angriff des Sturmes geschlagen wird.

Einen Augenblick blieb Kapitän Mac Whirr im Lichte der Lampe stehen – in seiner Kampfesrüstung eine unförmliche, plumpe Gestalt, das Gesicht gerötet und mit gespanntem Ausdruck.

»Das bedeutet etwas«, murmelte er.

Sobald er versuchte, die Tür zu öffnen, bemächtigte sich der Sturm ihrer. Der Kapitän hielt den Griff fest, wurde über die Schwelle gezogen und fand sich sofort im Handgemenge mit dem Sturme, der ihm nicht erlauben wollte, die Tür zu schließen. Im letzten Augenblick fuhr ein Windstoß hinein und löschte die Lampe aus.

Tiefes Dunkel lagerte vor dem Schiffe über einer Menge von weißleuchtenden Stellen. Über Steuerbord sah man einige matt glänzende Sterne über einer ungeheuren Wüste gebrochener Wogen, bald mehr, bald weniger deutlich, wie durch einen wilden Wirbel von Rauch.

Auf der Brücke bemerkte der Kapitän eine Ansammlung von Männern in eifriger Bewegung. Im Lichte der Steuerhausfenster, das ihre Köpfe und Rücken unsicher beleuchtete, sah er sie angestrengt arbeiten.

Plötzlich verdunkelte sich die eine Scheibe, dann die andre. Er hörte das Sprechen der ins Dunkel versunkenen Gruppen in Bruchstücken – gleichsam in Fetzen, die der Wind an seinem Ohr vorbei fegte. Jetzt erschien Jukes an seiner Seite, mit gesenktem Haupte schreiend: »Wache – Steuerhausläden vorgelegt – Furcht – Glas – eingeblasen werden.«

In vorwurfsvollem Tone hörte Jukes seinen Gebieter sagen: »Sagte – sollten – rufen.«

Er versuchte, eine Erklärung zu geben, während der Sturm gegen seine Lippen drückte.

»Schwacher Wind – blieb – Brücke – plötzlich – Nordost – dachte – sicher selbst hören.«

Sie hatten den Schutz des Wettertuches erreicht und vermochten sich nun mit erhobener Stimme, wie Streitende, zu unterhalten.

»Ich rief die Matrosen zusammen und ließ sie alle Ventilatoren zumachen. Nur gut, dass ich auf Deck geblieben war. Ich glaubte nicht, dass Sie eingeschlafen wären, und so … Wie sagten Sie, Herr Kapitän? Was?«

»Nichts«, schrie Kapitän Mac Whirr. »Ich sagte – schon gut.«

»Beim Himmel! Diesmal kriegen wir's ordentlich«, brüllte Jukes.

»Sie haben den Kurs nicht verändert?«, fragte der Kapitän mit erhobener Stimme.

»Nein, Herr Kapitän, gewiss nicht. Der Wind kommt direkt von vorn. Und hier kommt ...«

Ein tiefes Hinabtauchen des Schiffes – ein Stoß, als ob es mit dem Kinn auf etwas Festes aufgestoßen wäre, dann ein Augenblick der Ruhe, worauf der Wind ihnen einen kräftigen Schauer von Flugwasser ins Gesicht trieb.

»Wir wollen es halten, so lang wir können«, rief Kapitän Mac Whirr.

Ehe sich Jukes das Salzwasser aus den Augen gestrichen hatte, waren alle Sterne verschwunden.

3.

Jukes war so tapfer wie irgendeiner aus einem halben Dutzend junger Steuermänner, wie man sie mit einem Netze von den Gewässern der Erde auffischen könnte, und obwohl ihn die überraschende Heftigkeit des ersten Anpralls einigermaßen verblüffte, so hatte er sich doch im Augenblick wieder gefasst, hatte die Matrosen herausgerufen und sie da- und dorthin dirigiert, um sie etwa noch nicht verwahrte Öffnungen an Deck schließen zu lassen. Seine frische, kräftige Stimme klang aufmunternd in aller Ohren, während er jeden einzelnen an seinen Platz wies, sich dabei innerlich vorsagend, dass er »es nicht anders erwartet habe«.

Zu gleicher Zeit aber kam es ihm immer deutlicher zum Bewusstsein, dass er so viel nicht erwartet habe. Vom ersten Luftzuge an, der gegen sein Gesicht strich, schien die Stärke des Windes lawinenartig anzuwachsen.

Heftige Schauer von Flugwasser bedeckten die Nan-Shan vom Steven zum Heck, und neben dem fortgesetzten Schlingern des Schiffes begann ein ruckweises Hin- und Herschlenkern, ein Auf- und Niederschnellen, als wäre es toll geworden vor Angst und Schrecken. Jukes dachte: »Das ist kein Spaß.« Während er noch mit seinem Kapitän laut schreiend Erklärungen tauschte, verdunkelte sich plötzlich die Nacht um die beiden her, als breche die Finsternis greifbar über sie herein. Es war, als ob die bisher schon verhüllten Lichter der Welt plötzlich ganz ausgelöscht würden. Jukes war aufrichtig froh, seinen Kapitän bei sich zu haben. Es gewährte ihm ein Gefühl der Beruhigung und Erleichterung, wie wenn dieser Mann schon dadurch, dass er auf Deck gekommen war, die Hauptwucht des Sturmes auf seine Schultern genommen hätte. Das ist der Nimbus, der den Führenden umgibt, sein Vorrecht und seine Last.

Kapitän Mac Whirr konnte von niemand auf der Welt solche Erleichterung erwarten. Die Stellung des Befehlenden ist eine isolierte; er steht allein auf einsamer Höhe. Kapitän Mac Whirr bemühte sich zu sehen, mit angestrengter Wachsamkeit des Seemanns, der dem Sturme ins Auge schaut wie einem persönlichen Gegner, um seine verborgene Absicht zu durchdringen und das Ziel und die Stärke des bevorstehenden Angriffs zu erraten. Aber der Sturm kam ihm aus undurchdringlicher Nacht entgegen. Er fühlte die Unruhe seines Schiffes unter sich und vermochte nicht einmal, einen Schatten von dessen Gestalt zu unterscheiden. Er wünschte aus tiefster Seele, es möchte anders sein, und konnte doch nur schweigend warten, hilflos wie ein Blinder.

Ihm war das Schweigen natürlich, mochte es Tag oder Nacht um ihn sein. Der neben ihm stehende Jukes ließ mitten im Sturme seine Stimme in ermunterndem Zuruf hören: »Es scheint, wir haben das Schlimmste gleich auf einmal bekommen, Herr Kapitän.«

Ein schwacher Blitz zuckte über den ganzen Himmel. Es war, als leuchte er in eine Höhle – in eine dunkle, verborgene Kammer des Meeres, deren Fußboden aus schaumbedeckten Wogenkämmen bestehe.

Sein Licht enthüllte für einen flüchtigen, unglücklichen Augenblick eine zerklüftete, tief herabhängende Wolkenmasse, die langgestreckten Umrisse des stark schlingernden Schiffskörpers, die schwarzen Gestalten der Männer auf der Brücke, die mit ihren vorgestreckten Köpfen aussahen, als wären sie in der Bewegung des Vorstoßens versteinert. Wieder schlug die Finsternis über allem zusammen, und jetzt endlich kam die Sache selbst plötzlich und schnell, wie das Zerschellen eines Gefäßes des Zornes. Rings um das Schiff her schien es zu bersten, dieses in allen Fugen gewaltsam erschütternd, während ungeheure Wassermassen sich dagegen stürzten, als wäre ein großer, schützender Damm vom Sturme weggeblasen worden. Im Nu waren die Menschen voneinander gerissen. Das ist die auflösende Macht des Sturmes: Sie reißt den Menschen fort von seinesgleichen.

Ein Erdbeben, ein Erdrutsch, eine Lawine überfallen den Menschen sozusagen zufällig – leidenschaftslos. Der Sturm dagegen greift ihn an wie ein persönlicher Feind, lähmt seine Glieder, betäubt seine Sinne, ja, sucht ihm die Seele aus dem Leibe zu reißen.

Jukes wurde von seinem Kapitän weggeschleudert. Er hatte die Empfindung, als würde er weithin durch die Luft gewirbelt. Für einen Augenblick entschwand ihm alles, selbst die Fähigkeit zu denken. Aber seine Hand hatte eine der Relingstützen erfasst. Beinahe war er geneigt, das Ganze für einen bösen Traum zu halten, wodurch jedoch sein Entsetzen nicht vermindert wurde. So jung er noch war, hatte er doch schon schlechtes Wetter kennengelernt und glaubte sich eine Vorstellung vom schlechtesten machen zu können. Dies aber überstieg seine Vorstellungskraft so sehr, dass es ihm überhaupt unvereinbar schien mit der Existenz irgendeines Schiffes.

Auch an dem Fortbestand seines eigenen Daseins würde er vielleicht gezweifelt haben, hätte es ihn nicht so unsägliche Anstrengung gekostet, sich einer unsichtbaren Gewalt gegenüber zu behaupten, die ihn von seinem Halte wegzureißen suchte. Das Bewusstsein, nicht gänzlich vernichtet zu sein, wurde auch durch anderweitige Empfindungen in ihm verstärkt: Er fühlte sich vollständig durchnässt, scheußlich zerschlagen und halb erstickt.

Es wollte ihm scheinen, als sei er lange, lange allein mit der Stütze in seinen Händen. Der Regen floss in Strömen über ihn. Atmen konnte er nur in Absätzen. Das Wasser, das er verschluckte, war teils süß, teils salzig. Die Augen hielt er meist fest geschlossen, als fürchte er durch den Ansturm der Elemente das Gesicht zu verlieren. Wenn er hie und da ein flüchtiges Blinzeln wagte, leuchtete ihm tröstlich der grüne Schimmer des Steuerbordlichtes, dessen schwacher Schein auf Regenschauer und Flugwasser fiel. Er blickte eben wieder danach, als seine Strahlen eine hoch aufwallende See beleuchteten, die es auslöschen sollte. Er sah das Haupt der Woge sich überstürzen, hörte, wie ihr Krachen den ungeheuren Aufruhr in den Lüften um ein Minimum vermehrte, und fast im selben Augenblick wurde ihm die Stütze aus den Armen gerissen. Nach einem heftigen Stoße auf seinen Rücken fühlte er sich plötzlich vom Wasser erfasst und aufwärts getragen. Zuerst glaubte er nicht anders, als dass das ganze Chinesische Meer über die Brücke hereingebrochen sei. Dann kam ihm die vernünftige Vermutung, dass er über Bord geschwemmt worden sei. Während er von riesigen Wassermassen hin und her geschleudert, gestoßen und gerollt wurde, wiederholte er innerlich fortwährend mit der größten Hast die Worte: »Mein Gott! Mein Gott! Mein Gott! Mein Gott!«

Plötzlich fasste er in einem Anfall von Verzweiflung den tollen Entschluss, sich herauszuarbeiten. Er fing an mit Armen und Beinen um sich zu schlagen. Kaum aber hatte er seine ohnmächtigen Bemühungen begonnen, so entdeckte er, dass er irgendwie mit einem menschlichen Gesichte, einem Ölrocke und einem Paar Stiefel zusammenhing. Mit wilder Hast fasste er nach all diesen Dingen, verlor sie, fand sie wieder, verlor sie nochmals, bis sich endlich ein Paar kräftige Arme fest um ihn schlossen. Er umarmte seinerseits ebenso fest einen dicken, starken Körper – er hatte seinen Kapitän gefunden.

Wie ein Knäuel wurden die beiden hin und her gerollt. Nur umso fester hielten sie sich umschlungen. Endlich ließ sie das Wasser fallen. Atemlos und zerschlagen strandeten sie an der Seite des Steuerhauses, und es war kein leichtes Stück Arbeit, sich trotz des Sturmes auf die Füße zu stellen und anzuklammern, wo sich eben ein Halt bot.

Jukes fühlte sich halb betäubt von dem ausgestandenen Schrecken; es war ihm, als habe er eine unerhörte Vergewaltigung seiner Empfindungen erfahren. Sein Selbstvertrauen hatte einen schweren Stoß erlitten. Mit lauter Stimme schrie er dem Manne, den er in der höllischen Finsternis neben sich fühlte, ein ums andre Mal zu: »Sind Sie's, Herr Kapitän? Sind Sie's, Herr Kapitän?«, bis er meinte, die Schläfen müssten ihm zerspringen. Und als Antwort hörte er eine ärgerliche Stimme wie aus weiter, weiter Ferne das eine Wort: »Ja!« schreien. Neue Seen ergossen sich über die Brücke. Jukes empfing sie, ohne sich dagegen schützen zu können, mit bloßem Kopfe, da er beide Hände nötig hatte, um sich festzuhalten.

Das Schiff schlingerte ungewöhnlich stark. Seine Bewegungen hatten etwas Mitleiderregendes in ihrer gänzlichen Hilflosigkeit. Mit jedem neuen Rucke schien es auf eine eherne Mauer aufzustoßen. Wenn es im Rollen kopfüber auf die Seite fiel, so wurde es von einem so gewaltsamen Stoße wieder zurückgeschleudert, dass Jukes sein Taumeln wie das eines Betrunkenen empfand, der nahe daran ist, zusammenzustürzen. Der Sturm heulte und tobte mit unbändiger Wut durch die Nacht. Dann und wann strömte die Luft, wie von einer ungeheuren konzentrierten Kraft durch einen Trichter getrieben, gegen das Schiff an; in solchen Augenblicken war es, als werde es über das Wasser hinausgehoben und in die Höhe gehalten, während nur ein leises Beben von seinem einen Ende bis zum andern spürbar war. Dann begann das Hin- und Herschleudern aufs Neue, wie wenn das Schiff in einen siedenden Kessel geworfen worden wäre. Mit aller Anstrengung suchte Jukes sich zu sammeln und die Lage der Dinge mit kühlem Blute zu beurteilen.

Wenn die See von den heftigen Stößen des Sturmes zurückgetrieben wurde, erhob sie sich sofort wieder umso ungestümer und bedeckte beide Enden der Nan-Shan mit schneeig weißen Schaummassen, die sich rings um das Schiff weithin in die Nacht ausbreiteten. Und auf dieser blendenden Fläche, die unter den schwarzen Wolkenmassen ein bläuliches Licht ausstrahlte, bot sich dem Kapitän für Augenblicke der traurige Anblick einzelner winziger, kohlschwarzer Punkte – die Verschlüsse der Luken, die hölzernen Hundehäuser, der Fuß eines Mastes.

Das war alles, was er von seinem Schiffe sehen konnte. Der Mittelbau mit der Brücke, auf der er stand, mit dem Steuerhause, in dem der zweite Steuermann sich eingeschlossen hatte, um nicht mitsamt dem Steuerapparate von einer See über Bord gerissen zu werden – der Mittelbau des Schiffes glich einem vorgeschobenen Felsen an der Küste, den die Wogen umbranden, den sie überströmen, von dem sie abfließen, an dem sie sich brechen – einem Felsen, an den sich Schiffbrüchige mit ihrer letzten Kraft anklammern – nur dass dieser Fels sich hob und senkte und ununterbrochen, ohne Rast und ohne Ruh' hin und her rollte, als wäre es ein von der Küste losgerissener, nun auf dem Meere wandernder Block.

In sinnloser Zerstörungswut betrieb der Sturm die Plünderung der Nan-Shan: Schnausegel wurden aus den Seisings gerissen, doppelt befestigte Sonnenzelte weggeblasen, die Brücke reingefegt, Wettertücher zerschlitzt, Oberlichtdeckel zerschmettert. Zwei von den Booten hatten sich schon davon gemacht, ohne dass es jemand gesehen oder gehört hätte, als hätten sie dem gewaltigen Anprall der Elemente nicht länger standhalten können. Erst später, als wieder eine weißschimmernde See über das Mittelschiff hereinstürzte, sah Jukes auf einen Augenblick zwei Davits schwarz und leer aus dem noch schwärzeren Dunkel auftauchen und sich in der Luft überschlagen, während ein eisenbeschlagener Block sich in Luftsprüngen erging, und nun erst merkte er, was in einer Entfernung von nur drei Metern hinter seinem Rücken geschehen war.

Er suchte mit dem Kopfe nach dem Ohre seines Kapitäns. Seine Lippen berührten es – es war groß, dick und sehr nass. In erregtem Tone schrie er: »Unsre Boote sind losgerissen, Herr Kapitän!«

Und wieder hörte er jene angestrengt und doch schwach klingende Stimme, und aus ihrem Klange sprach eine Ruhe, die seltsam abstach von dem chaotischen Lärm ringsum, als käme sie aus einem weitentlegenen Orte des Friedens; wieder hörte er die Stimme eines Menschen, jenen schwachen und zugleich unbezwinglichen Laut, den Träger einer Unendlichkeit des Gedankens und Willens, die noch am Jüngsten Tage zuversichtliche Worte sprechen wird, wenn die Himmel stürzen werden und Gerechtigkeit geübt werden wird – wieder hörte er sie, und wie aus weiter Ferne rief sie ihm zu: »Schon gut!«

Er glaubte, nicht verstanden worden zu sein. »Unsere Boote – die Boote, sag' ich – die Boote, Herr Kapitän! Zwei sind schon fort!«

Und als Antwort kam es deutlich zurück: »Nichts zu machen!«

Kapitän Mac Whirr hatte sein Gesicht nicht gewendet; trotzdem fing Jukes einige weitere Worte auf: »Was kann – erwarten – wenn – durch solche – – muss wohl – etwas dahinten bleiben – nicht anders – erwarten.«

Jukes lauschte angestrengt, um noch mehr zu hören. Allein es kam nichts mehr. Kapitän Mac Whirr hatte alles gesagt, was er zu sagen gehabt hatte. Jukes konnte sich den breiten, runden Rücken vor sich mehr denken, als ihn sehen. Eine undurchdringliche Finsternis lag schwer über der gespenstisch schimmernden See. In Jukes begann die dumpfe Überzeugung sich festzusetzen, dass nichts zu machen sei.

Wenn das Steuer nicht den Dienst versagte, wenn die ungeheuren Wassermassen das Deck nicht eindrückten oder eine der Luken zertrümmerten, wenn die Maschinen nicht stillstanden, wenn das Schiff nicht von einer der riesigen Seen begraben wurde, von denen Jukes nur hie und da mit Grauen die weißen Häupter hoch über dem Bug des Schiffes erblickte – dann war es möglich, dass es den Sturm überstand. Es war, als drehte sich etwas in ihm um: Die Nan-Shan schien ihm verloren zu sein.

»Sie ist hin!«, sagte er sich und empfand dabei eine merkwürdige Gefühlsregung, als ob die Bedeutung dieses Gedankens sich ihm jetzt erst erschlösse. Eines von den gefürchteten Ereignissen musste ja doch eintreffen. Es war nicht mehr möglich, irgendetwas zu verhüten oder zu bessern. Die Menschen an Bord waren machtlos, und das Schiff konnte nicht aushalten in diesem unmöglichen Wetter.

Da warf sich ein Arm schwer über Jukes' Schultern, und er erwiderte diese Annäherung mit richtigem Verständnis, indem er seinen Kapitän um den Leib fasste.

So standen die beiden in der stockfinsteren Nacht, vereint dem Sturme Trotz bietend, Wange an Wange und Mund an Ohr, wie zwei Steven an Heck vertäute Fahrzeuge.

Und Jukes hörte die Stimme seines Gebieters, zwar kaum lauter als zuvor, aber näher; und aufs Neue überraschte ihn ihr ruhiger Klang.

»Wissen Sie, wo die Matrosen hingekommen sind?«, fragte die Stimme laut und doch zugleich ersterbend, die Gewalt des Sturmes übertönend, und doch sofort von ihm verschlungen.

Jukes wusste es nicht. Sie waren alle auf der Brücke gewesen, als die eigentliche Gewalt des Sturmes zuerst das Schiff traf. Er konnte sich nicht denken, wohin sie sich verkrochen haben mochten. Der Wunsch des Kapitäns, es zu wissen, beunruhigte ihn einigermaßen. Was konnte er unter den obwaltenden Umständen von ihnen wollen?

»Brauchen Sie die Matrosen, Herr Kapitän?«, fragte er ängstlich.

»Sollte es wissen«, sagte der Kapitän bestimmt. »Halten Sie fest!« Sie hielten fest. Ein Ausbruch fesselloser Wut, ein wilder Stoß des Sturmes ließ das Schiff plötzlich fast still stehen. Rasch und leicht nur, wie die Wiege eines Kindes, schaukelte es während eines Augenblicks angstvollen Harrens, indessen es war, als stürze die ganze Atmosphäre wütend darüber hin.

Sie glaubten ersticken zu müssen. Mit geschlossenen Augen hielten sie sich fest und fester umklammert. Nach der Heftigkeit des Anpralles zu urteilen, mochte er von einer gewaltigen Wassersäule herrühren, die sich hoch in die Luft erhoben hatte, um dann im Anschlagen gegen das Schiff sich zu überstürzen und von hoch oben sich darauf zu ergießen.

Ein fliegender Bruchteil von diesem Zusammensturz, ein bloßer Spritzer hüllte die beiden Männer vom Kopf bis zu den Füßen ein, ihnen Ohren, Mund und Nase gewaltsam mit Salzwasser füllend. Er verrenkte ihnen die Beine, zerrte an ihren Armen, schoss wie rasend unter ihrem Kinn vorbei, und als sie ihre Augen zu öffnen imstande waren, erblickten sie Massen weißen Schaumes, die zwischen den scheinbaren Bruchstücken eines Schiffes hin und her schlugen. Die Nan-Shan schien der Übermacht zu weichen; den beiden Männern erbebte das Herz. Plötzlich aber raffte sie sich wieder auf zu neuem, verzweifeltem Kampfe, als wolle sie versuchen, sich unter ihren eigenen Trümmern hervorzuarbeiten.

Allein es war, als stürzten die Wogen von allen Seiten auf sie ein, um sie in der Höhle des Verderbens festzuhalten. Wilder Hass, tückische Bosheit schienen gegen sie anzukämpfen. Wie ein lebendes Wesen, das der Wut des Pöbels preisgegeben ist, wurde sie von ihren grimmigen Feinden umdrängt, geschlagen, in die Höhe gehoben, niedergeworfen, unter die Füße getreten. Kapitän Mac Whirr und sein Steuermann hielten fest aneinander. Der Tumult machte sie taub, der Sturm schloss ihnen den Mund wie mit einem Knebel, während der große Aufruhr der Natur, der ihren äußern Menschen umtobte, ihr Innerstes erschütterte, wie der Anblick eines ungezügelten Ausbruches roher Leidenschaft.

Ein grauenerregendes Kreischen, wie man es hie und da das stetige Heulen eines Sturmes übertönen hört, flog wie auf Flügeln über das Schiff hin. Jukes versuchte, es zu überschreien.

»Wird sie es aushalten?«

Der Schrei hatte sich ihm vom Herzen losgerungen; er kam so unwillkürlich, wie der Gedanke im Kopfe entsteht, und Jukes hörte seine eigenen Worte nicht. Er erwartete auch keine Antwort darauf. Gewiss nicht. Welche Antwort hätte er auch erwarten können? Aber nach einer kleinen Weile vernahm sein Ohr zu seinem Erstaunen die schwache und doch durchdringende Stimme, den Zwergenlaut, den der Riesentumult nicht zu unterdrücken vermochte.

»Kann sein!«

Es war nur ein undeutlicher Schrei, schwerer zu verstehen, als ein Flüstern. Und die Stimme fuhr fort zu sprechen. »Hoffen wir es!«, rief sie. Dann hörte Jukes nur noch die abgerissenen Worte: »Schiff – dies – nie – trotzdem – das Beste hoffen.«

Jukes hatte es aufgegeben. Als sei dem Sprecher plötzlich in den Sinn gekommen, worauf es in solchem Sturme ankommt, gewann seine Stimme Kraft und Festigkeit zu den letzten, abgebrochenen Rufen: »Ihre Erbauer – zuverlässige Leute – – kann sein – – Maschinen – – Rout – – tüchtiger Mann.«

Der Kapitän nahm seinen Arm von Jukes' Schultern und hörte damit für diesen zu existieren auf, so dunkel war es. Jukes, dessen Muskeln eben noch straff gespannt gewesen, fühlte sich wie gelähmt an allen Gliedern. Neben der nagenden Empfindung tiefen allgemeinen Unbehagens machte sich eine unglaubliche Schläfrigkeit bei ihm geltend, als ob die empfangenen Stöße und Schläge ihn betäubt hätten. Der Sturm packte seinen Kopf und wollte ihn ihm von den Schultern reißen. Seine von Wasser triefenden Kleider waren schwer wie Blei und kalt wie eine Rüstung von schmelzendem Eise; er fror – es dauerte so lange; und während er sich mit seinen Händen krampfhaft festhielt, erlag er innerlich unter der Last körperlichen Elendes. Sein eigenes Ich stand im Mittelpunkt seiner trüben, hilflos wandernden Gedanken, und als plötzlich von hinten her ein unbekanntes Etwas leicht gegen seine Knie anstieß, erschrak er, wie man sagt, zu Tode.

In seiner Bewegung nach vorn stieß er an den Rücken des Kapitäns, der sich nicht rührte. Jetzt erfasste eine Hand sein Bein. Eine unheimliche Stille war eingetreten, ein Atemanhalten des Sturmes. Jukes fühlte sich von unten bis oben betastet. Es war der Bootsmann. Jukes erkannte seine Hände, die so ungeheuerlich groß und breit waren, als ob sie einer neuen Art der Gattung »Mensch« angehörten.

Auf allen vieren gegen den Wind kriechend, hatte der Bootsmann die Brücke erreicht und war mit seinem Kopfe an die Beine des ersten Steuermannes gestoßen. Sofort kroch er näher und begann Jukes' ganze Person von unten auf zu untersuchen, sanft und rücksichtsvoll, wie es sich für einen Untergebenen schickt.

Er war ein kleiner, hässlicher, plumper Seemann in den Fünfzigerjahren und glich mit seinen struppigen Haupt- und Barthaaren, kurzen Beinen und langen Armen einem alten Affen. Seine Körperkraft war ungewöhnlich groß; seine breiten Tatzen, die wie braune Fausthandschuhe am Ende der haarbedeckten Vorderarme saßen, handhabten die schwersten Lasten wie ein Spielzeug. Abgesehen von dem graugesprenkelten Pelze auf seiner Brust, seiner mürrischen Miene und rauen Stimme wies er keines von den gewöhnlichen Merkmalen seiner Klasse auf. Seine Gutmütigkeit grenzte an Dummheit: Die Leute konnten mit ihm anfangen, was sie wollten. Er war eine gemächliche, redselige Natur, der keine Spur von Initiative innewohnte. Jukes hegte aus diesen Gründen eine Abneigung gegen ihn, während Kapitän Mac Whirr in ihm, wie Jukes mit spöttischer Verachtung bemerkt hatte, einen besonders tüchtigen Unterbeamten sah.

Jetzt richtete sich der Bootsmann an Jukes' Rock empor, indem er sich diese Freiheit mit möglichster Zurückhaltung und nur, soweit der Sturm ihn dazu nötigte, herausnahm.

»Was gibt's, Bootsmann? Was gibt's?«, schrie Jukes ungeduldig. Was konnte dieser Strohmann von Bootsmann auf der Brücke wollen? Der Taifun hatte sich Jukes auf die Nerven gelegt. Das heisere Bellen des andern schien, so unverständlich es ihm war, die höchste Befriedigung auszudrücken. Kein Zweifel, der alte Narr war über irgendetwas erfreut.

Des Bootsmannes andre Hand hatte noch einen andern Körper gefunden, denn in verändertem Tone begann er zu fragen: »Sind Sie's,
Herr Kapitän? Sind Sie's, Herr Kapitän?«

»Ja!«, schrie Kapitän Mac Whirr.

4.

Alles, was der Kapitän von dem Geschrei des Bootsmannes verstehen
konnte, war die sonderbare Mitteilung: »All die Chinesen im vordern
Zwischendeck sind toll geworden!«

Jukes stand leewärts und hörte das nur sechs Zoll weit von seinem
Gesichte laut schreiend geführte Gespräch der beiden, wie man etwa
in einer ruhigen Nacht zwei Männer, die eine halbe Meile weit entfernt
sind, sich über ein Feld hin besprechen hört. Er vernahm Kapitän Mac
Whirrs aufgeregtes: »Wie? Was?«, und die angestrengte, heisere Stimme
des andern. »In einem Klumpen – – hab sie selbst gesehen – schauer-
licher Anblick – – Herr – dachte – Ihnen sagen.«

Jukes blieb gleichgültig, als sei er aller Verantwortung überhoben
angesichts der überwältigenden Macht des Sturmes, die den Gedanken
an irgendwelches Handeln auszuschließen schien. Außerdem vermochte
er bei seiner Jugend nur mit Aufbietung aller Kraft sich innerlich gegen
das Schlimmste zu wappnen, sodass er eine starke Abneigung gegen
jede anderweitige Betätigung verspürte. Er war kein Feigling; das sagte
er sich angesichts der Tatsache, dass er ruhig blieb bei dem Gedanken,
den andern Morgen nicht mehr zu erleben.

Es sind das die Augenblicke tatlosen Heldentums, wie sie auch
tüchtige Männer kennen. Gewiss werden viele Seeleute sich eines Falles
aus ihrer Erfahrung erinnern, wo der gleiche unheilvolle Zustand
starrer Apathie sich einer ganzen Schiffsbemannung bemächtigte. Jukes
dagegen kannte Menschen und Stürme noch nicht aus Erfahrung. Er
hielt sich für ruhig, unerschütterlich ruhig; in Wirklichkeit aber war
er niedergeschlagen, mutlos – so weit eben ein anständiger Mann dies
sein kann, ohne sich selbst zum Ekel zu werden.

Ohne dass er sich selbst dessen bewusst geworden wäre, hatte der
langandauernde Kampf mit dem Sturm seinen Geist gewaltsam betäubt.
Die körperliche und seelische Spannung während der endlos scheinen-

den Katastrophe war zu groß; es erforderte an sich schon Anstrengung, in dem überwältigenden Tumulte seine Existenz zu behaupten, und diese Anstrengung machte sich in einer ungeheuren Müdigkeit geltend. Es war jene Müdigkeit, die sich mit unwiderstehlicher, berückender Gewalt des Menschen bemächtigt, ihm Mut und Hoffnung benimmt – jene unüberwindliche Müdigkeit, die nichts will als Ruhe, Ruhe, und diese allen Schätzen der Welt – ja dem Leben selbst – vorzieht.

Noch hielt Jukes sich aufrecht. Er war sehr nass, sehr kalt und steif an allen Gliedern, und wie im Traume zogen im Fluge die verschiedensten Bilder an ihm vorüber – Erinnerungen aus seinem Leben, die nicht im Mindesten mit seiner jetzigen Lage im Zusammenhang standen (man sagt, dass Ertrinkende auf diese Weise ihr ganzes vergangenes Leben überschauen). Er sah zum Beispiel seinen Vater, einen achtbaren Geschäftsmann, der in einer unglücklichen Krisis seiner Angelegenheiten stille zu Bett gegangen war und ruhig das Zeitliche gesegnet hatte. Jukes vermochte sich selbstverständlich nicht alle Einzelheiten des Falles vorzustellen, aber ohne dass es ihn sonderlich bewegt hätte, erblickte er das Gesicht des armen Mannes deutlich vor sich. Im nächsten Augenblick sah er sich als halbwüchsigen Jungen an Bord eines Schiffes in der Tafelbai, das seitdem mit Mann und Maus untergegangen war, bei einem gewissen Spiele, das er damals mit seinen Genossen häufig gespielt hatte. Jetzt schwebten ihm die dicken Augenbrauen seines ersten Kapitäns vor, und dann wieder erinnerte er sich seiner nun auch verstorbenen Mutter – wie er etwa vor Jahren ohne Gemütsbewegung irgendwelcher Art in ihr Zimmer getreten war und sie dort in einem Buche lesend gefunden hatte – die tatkräftige, in misslichen Verhältnissen zurückgebliebene Frau, die seine Erziehung mit so sicherer Hand geleitet hatte.

Nicht länger als eine Sekunde mochte er geträumt haben; da warf sich ein schwerer Arm auf seine Schultern und Kapitän Mac Whirr rief ihm ins Ohr: »Jukes! Jukes!«

Die Stimme klang sorgenvoll und bekümmert. Der Sturm hatte sich mit voller Wucht auf das Schiff geworfen und suchte es in der Tiefe der Wogen festzuhalten. Das vereinte Gewicht der Sturzseen drohte es zu zerschmettern. Die schaumgekrönten Häupter der das Schiff umbrandenden Wogen strahlten ein gespenstisches Licht aus – das Licht des Meerschaumes, das in wildem, fahlem Aufleuchten das haushohe Aufwallen, den Niederfall und das tolle Spiel jeder einzelnen Woge mit dem stark mitgenommenen Schiffskörper erkennen ließ. Nicht für einen Augenblick mehr konnte sich das Schiff vom Wasser freischütteln. Der halberstarrte Jukes sah in seinen Bewegungen nur noch ein hilfloses Zappeln. Sich vernünftig zu wehren, war ihm nicht mehr möglich. Der Anfang vom Ende war da, und der Ton geschäftiger Sorge, der aus seines Kapitäns Stimme sprach, berührte Jukes unangenehm, als etwas Törichtes, Unzeitgemäßes.

Jukes stand im Banne des Sturmes, war von ihm an Leib und Seele gefesselt und gänzlich hingenommen, ja er hatte sich ihm gebeugt in einer Art dumpfer, starrer Ehrfurcht. Kapitän Mac Whirr fuhr fort ihn anzurufen, allein der Wind legte sich wie ein dicker Keil zwischen sie. Der starke Mann hing schwer wie ein Mühlstein am Halse seines ersten Steuermannes, und plötzlich stießen ihre Köpfe zusammen: »Jukes! Herr Jukes! Hören Sie nicht?«

Jukes musste der Stimme antworten, die nicht schweigen wollte, und er tat es in der hergebrachten Weise: »Ja, Herr Kapitän.« Und sein Herz, das vom Sturme überwältigt, nur noch das eine Verlangen nach Ruhe kannte, empörte sich gegen die Tyrannei von Zucht und Gebot.

Kapitän Mac Whirr hielt den Kopf seines Steuermannes in der Biegung seines Ellbogens fest gefangen und presste ihn gegen seinen schreienden Mund. Dann und wann unterbrach ihn Jukes mit einem ängstlich warnenden: »Sehen Sie sich vor, Herr Kapitän!«, und der Kapitän hinwieder rief den beiden neben ihm eine dringende Mahnung zu, sich festzuhalten, während das ganze schwarze All mitsamt dem Schiffe zu beben schien. Ein Augenblick bangen Harrens – noch war das Schiff flott. Und Kapitän Mac Whirr begann aufs Neue: »... sagt ... der ganze Haufen ... wie toll ... sollte nachsehen, was geschehen ist.«

Sobald der Sturm mit voller Macht losgebrochen war, war jeder Teil des Decks unhaltbar geworden, und die erschrockenen und betäubten Matrosen hatten sich in den Backbordgang unter der Brücke geflüchtet. Dieser hatte nach hinten eine Tür, die sie zumachten. Es war ein dunkler, unbehaglicher Aufenthalt. Bei jeder heftigeren Bewegung des Schiffes stöhnten sie alle zusammen laut auf. Der Bootsmann versuchte, ein Gespräch im Gange zu erhalten, aber eine unvernünftigere Bande, sagte er nachher, sei ihm noch nie vorgekommen. Sie hatten's da unten gut genug, meinte er, waren außer Gefahr und hatten auf der Welt nichts zu tun, und trotzdem hörten sie nicht auf zu jammern und zu klagen, wie ein Haufen kranker Kinder. Schließlich sagte einer, es wäre nicht so schlimm, wenn man wenigstens ein Licht hätte, dass doch einer des andern Nase sehen könnte. Es sei zum Verrücktwerden, erklärte er, so im Dunkeln zu liegen und auf das Sinken des elenden Huckers zu warten.

»Warum gehst du dann nicht hinaus und lässt dich lieber gleich ersäufen?«, fragte ihn der Bootsmann, worauf sich ein Geschrei der Entrüstung erhob. Man überhäufte ihn mit Vorwürfen aller Art. Die Leute schienen es übelzunehmen, dass nicht sofort eine Lampe für sie aus nichts erschaffen wurde. Sie winselten wahrhaftig nach einem Lichte, um dabei ertrinken zu können. Und obwohl die Unvernunft ihres Geredes sonnenklar war, da niemand hoffen konnte, das auf dem Vorderschiff gelegene Lampenzimmer zu erreichen, so fing der Boots-mann doch an, sich ernstlich zu bekümmern. Es kränkte ihn, dass sich alle gegen ihn wandten, und er sagte es ihnen; allein er empfing nur Schmähungen als Antwort, worauf er grollend schwieg. Während sie fortfuhren ihn durch ihr Murren und Klagen zu ärgern und zu quälen, fiel ihm ein, dass im Zwischendeck sechs Kugellampen hingen und dass es nichts schaden könne, den Kulis eine davon wegzunehmen.

Die Nan-Shan hatte eine quer durch das untere Schiff laufende Kohlenkammer, die zuzeiten als Lagerraum benützt wurde und durch eine eiserne Tür mit dem vorderen Zwischendeck in Verbindung stand. Diese Kammer war augenblicklich leer. Sie hatte eine Öffnung in den Raum unter der Brücke, gerade groß genug, dass ein Mann hindurch-schlüpfen konnte. So war es dem Bootsmann möglich, hineinzugelan-gen, ohne auf Deck hinauszugehen. Zu seiner großen Verwunderung fand sich niemand bereit, ihm den Verschluss von der Öffnung weg-nehmen zu helfen. Er tappte trotzdem suchend darauf zu, aber einer von den Leuten lag ihm im Wege und wollte sich nicht von der Stelle rühren. »Ich will euch ja nur das verwünschte Licht holen, nach dem ihr schreit«, hielt er ihm vor. Da sagte einer, er solle gehen und seinen Kopf in einen Sack stecken. Es tat ihm leid, dass er die Stimme nicht erkennen konnte und dass es zu dunkel war um zu sehen, sonst würde er es dem da ordentlich besorgt haben. Doch er hatte sich's einmal in den Kopf gesetzt, den Kerlen zu zeigen, dass er ein Licht herbeischaffen könne, und wenn er darum sterben müsste.

Das Schiff schlingerte so heftig, dass jede Bewegung erschwert, ja gefährlich war; auf dem Boden zu liegen, schien schon Arbeit genug. Beinahe hätte er den Hals gebrochen, als er sich in den Kohlenraum hinunterfallen ließ. Er fiel auf den Rücken und wurde nun von einer Seite auf die andre geworfen, und zwar in der gefährlichen Gesellschaft eines schweren eisernen Gegenstandes, wahrscheinlich einer Schaufel, die ein Kohlenlader hatte liegen lassen. Dieses Ding regte ihn so auf, als ob es ein wildes Tier gewesen wäre. Er konnte es nicht sehen, denn die Innenseite des Raumes war durch den daran haftenden Kohlenstaub schwarz wie die Nacht; aber er hörte es gleiten und klirren und da und dort aufschlagen, immer in der Nähe seines Kopfes. Es machte auch einen ganz außerordentlichen Lärm – ja es schien gewaltige Püffe auszuteilen, als ob es so groß wie ein Brückenträger wäre. Er konnte nicht umhin, dies alles zu bemerken, während er hilflos zwischen Backbord und Steuerbord hin und her geworfen wurde, wobei er verzweifelte Anstrengungen machte, sich an den glatten Wänden des Raumes festzuklammern, um einen Halt zu gewinnen. Da die Tür ins Zwischendeck nicht genau schloss, konnte er an ihrem unteren Ende einen schmalen Streifen schwachen Lichtes sehen.

Schließlich gelang es dem noch rüstigen Manne und tüchtigen Matrosen doch, auf die Füße zu kommen, und das Glück wollte es, dass er im Aufstehen die fatale Kohlenschaufel in die Hand bekam und sie festhalten konnte. Er hätte sonst fürchten müssen, das unselige Ding möchte ihm die Beine zerschmettern oder ihn aufs Neue zu Fall bringen. Eine Weile stand er ganz still. Er fühlte sich unsicher und unbehaglich in dieser schauerlichen Finsternis, in der die Bewegungen des Schiffes ganz ungewohnt und unberechenbar erschienen, sodass man sich nicht dagegen vorsehen konnte. Der Kopf schwindelte ihm dermaßen, dass er nicht wagte, sich zu rühren, aus Furcht, nochmals das Gleichgewicht zu verlieren. Er hatte durchaus keine Lust, sich in dem Loche da unten zerschmettern zu lassen.

Zweimal hatte er seinen Kopf aufgeschlagen, sodass er ordentlich betäubt war. Es war ihm, als höre er immer noch das Klirren und Schlagen des Eisens, wie es ihm um die Ohren geflogen war, und er fasste es fester, wie um sich selbst zu beweisen, dass er es sicher in der

Hand hielt. Er empfand eine unbestimmte Verwunderung über die Deutlichkeit, mit der man hier unten den Sturm hören konnte. In der hohlen Leere des ihn umgebenden Raumes schien ihm dessen Heulen und Ächzen etwas Menschliches zu haben, menschliche Wut und Pein auszudrücken – es klang weniger gewaltig, aber umso schärfer, durchdringender. Und seltsam – bei jedem Rollen des Schiffes hörte man einen starken, gewichtigen Schlag, als ob ein großer Gegenstand von fünf Tonnen Gewicht oder mehr umhergeschleudert würde. Aber der Kohlenraum war ja leer. War es etwa auf Deck? Unmöglich. Oder auf der Längsseite? Das konnte nicht sein.

All das überdachte er schnell, mit der Klarheit und Sachverständigkeit des echten Seemanns, ohne klug daraus werden zu können.

Der Lärm schien von außen zu kommen, und er konnte ihn deutlich von dem Rauschen des Wassers auf Deck über seinem Kopf unterscheiden. War es der Wind? Der musste es wohl sein. Hier unten war es, als hörte man das Geschrei einer tollgewordenen Menschenmenge. Er empfand nun auch den Wunsch, ein Licht zu haben – und wäre es nur um dabei zu ertrinken – und zugleich das ängstliche Verlangen, so schnell als möglich aus diesem Loche herauszukommen.

So zog er denn den Riegel zurück, und die schwere eiserne Tür drehte sich in ihren eisernen Angeln. Da war es, als habe er dem Getöse des Sturmes die Tür geöffnet. Ein vielstimmiges, heiseres Kreischen schlug an sein Ohr – der Sturm draußen und das Rauschen des Wassers oben wurde von einem Schwall halberstickter Kehllaute übertönt. Der Bootsmann spreizte seine Beine über die ganze Breite der geöffneten Tür und reckte spähend den Hals. Zuerst bemerkte er nur, was er zu suchen gekommen war: sechs kleine gelbe Flammen, die in der sie umgebenden Finsternis heftig hin und her schwangen.

Wie ein Minengang wurde der Raum von einer Reihe eiserner Träger gestützt, auf denen weithin ins Dunkel sich verlierende Kreuzbalken ruhten. Gegen Backbord erblickte der Bootsmann, wie in die Seitenwand eingesenkt, eine unförmliche Masse, deren Umrisse beständig wechselten. Der ganze Raum mit allen Gestalten und Schatten darin war in fortwährender Bewegung. Der Bootsmann riss die Augen auf: Das Schiff rollte nach Steuerbord, und jene unheimliche Masse stieß ein lautes Geheul aus.

Holzstücke flogen durch die Luft – Planken, meinte der erschreckte Bootsmann, und warf den Kopf zurück. Vor seinen Füßen glitt ein Mann vorbei, mit offenen Augen auf dem Rücken liegend, die erhobenen Arme in die leere Luft streckend. Ein anderer kam, wie ein losgelöster Stein, mit dem Kopf zwischen den Beinen und mit fest geballten Händen daher geflogen; sein Zopf wippte in der Luft; er tat einen Griff nach den Beinen des Bootsmannes, und aus seiner geöffneten Hand rollte eine kleine, glänzend weiße Scheibe dem Bootsmann vor die Füße, der vor Erstaunen aufschrie, als er einen Silberdollar erkannte.

Unter dem Geräusche hastig trampelnder und gleitender bloßer Füße und erneutem heiserem Geschrei löste sich der gegen Backbord aufgehäufte Wall krampfhaft verschlungener Körper von dieser Seite des Schiffes los und glitt nach Steuerbord hinüber, wo die zappelnde Masse mit dumpfem, schwerem Falle aufschlug.

Das Schreien verstummte. An seiner statt vernahm der Bootsmann durch das Heulen und Pfeifen des Sturmes ein anhaltendes Stöhnen; er sah ein scheinbar unlösbares Gewirre von Köpfen und Schultern, in die Höhe stehenden nackten Sohlen, erhobenen Fäusten – von Rücken, Beinen, Zöpfen und Gesichtern.

»Guter Gott!«, schrie er voll Entsetzen und schlug die Türe zu vor dem grauenvollen Anblick.

Das war es, was zu erzählen er auf die Brücke gekommen war. Er konnte es unmöglich für sich behalten, und es gab an Bord nur einen einzigen Menschen, dem gegenüber es sich der Mühe lohnte, sich auszusprechen. Auf seinem Rückwege überhäuften ihn die Matrosen mit Verwünschungen. Warum brachte er nicht endlich die Lampe? Was zum Teufel kümmerte man sich um die Kulis?

Als er aufs Deck herauskam, ließ die Not und Gefahr des Schiffes selbst alles, was in dessen Innerem vor sich ging, klein und unwichtig erscheinen. Zuerst glaubte er, die Nan-Shan sei eben im Begriff zu sinken. Die auf die Brücke führende Treppe war weggeschwemmt; allein eine ungeheure See, die das Hinterdeck überflutete, hob ihn hinauf. Eine Zeit lang musste er auf dem Bauche liegen bleiben, während er sich an einem Ringbolzen festhielt – in Absätzen atmend und Salzwasser schluckend. Dann arbeitete er sich auf Händen und Füßen vorwärts, da seine Furcht und sein Entsetzen zu groß waren, als dass er hätte umkehren mögen. So erreichte er den hinteren Teil des Steuerhauses.

An dieser verhältnismäßig geschützten Stelle fand er den zweiten Steuermann, wodurch er sich angenehm überrascht fühlte, da er geglaubt hatte, es müsste längst jedermann auf Deck weggewaschen worden sein. Eifrig fragte er, wo der Kapitän sei.

Der zweite Steuermann lag auf dem Boden zusammengekauert wie ein boshaftes kleines Tier unter einer Hecke.

»Der Kapitän? Über Bord geschwemmt natürlich, nachdem er uns ins Unglück gebracht. Der erste Steuermann jedenfalls desgleichen. Ein ebenso großer Narr. Was liegt daran? Ein wenig früher oder später – kann nichts ausmachen.«

Der Bootsmann kroch wieder in den Bereich des Sturmes hinaus, nicht weil er hoffte, noch jemand finden zu können, wie er sagte, sondern nur um von »diesem Manne« wegzukommen. Er kroch hinaus wie ein Ausgestoßener, der den Kampf mit einer unbarmherzigen Welt aufnimmt. Daher seine große Freude, als er Jukes und den Kapitän fand. Was im Zwischendeck vor sich ging, erschien ihm jetzt von geringerer Wichtigkeit. Auch war es schwer, sich verständlich zu machen. So berichtete er nur kurz, was er gesehen hatte und zu erzählen gekommen war. Die Matrosen seien gut aufgehoben, fügte er hinzu. Dann ließ er sich beruhigt in sitzender Stellung auf Deck nieder, mit Armen und Beinen den Telegrafen des Maschinenraumes umklammernd – eine Eisenstange von der Dicke einer mäßigen Säule. Wenn diese den Elementen wich, ei, so musste er wohl auch weichen. An die Kulis dachte er nicht mehr.

Kapitän Mac Whirr hatte Jukes bedeutet, er solle hinuntergehen und nachsehen.

»Was soll ich dann tun, Kapitän?« Das Zittern, das durch seinen ganzen nassen Körper ging, machte Jukes' Stimme einem Blöken ähnlich.

»Sehen Sie erst – – Bootsmann sagte – – –«

»Der verfluchte Narr!«, heulte der schlotternde Jukes.

Die Ungeheuerlichkeit der an ihn gestellten Zumutung empörte ihn. Er war so wenig geneigt, zu gehen, als ob in dem Augenblick seines Gehens das Schiff unfehlbar sinken müsste.

»Ich muss es wissen – – – kann nicht – –«

»Sie werden sich wieder beruhigen, Herr – –«

»Sie kämpfen – – Bootsmann sagt – – Warum? Kann keinen Kampf – – Schiff – – haben. Behielte Sie lieber hier – – Fall – – ich selbst – – Bord geschwemmt würde – – Bringen Sie – – zur Ordnung – – irgendwie. Sehen Sie nach und berichten – – durch – Sprachrohr – – – Maschinenraum. Sie sollen nicht öfter herauf kommen. Gefährlich – – auf Deck – – bewegen.«

Jukes, der sich mit seinem Kopfe in der Gefangenschaft des Sprechenden befand, war gezwungen zu hören.

»Möchte nicht – Sie zu Grunde gehen – so lange – Schiff nicht – Rout – tüchtiger Mann – Schiff – kann noch – alles – durchkommen.«

Endlich wurde es Jukes klar, dass er gehen müsse. »Glauben Sie wirklich?«, schrie er.

Aber der Sturm verschlang die Antwort – nur das eine, mit großem Nachdruck gesprochene Wort »immer« vermochte Jukes zu verstehen.

Kapitän Mac Whirr ließ ihn los, beugte sich zu dem Bootsmann nieder und schrie: »Gehen Sie mit dem Steuermann wieder hinunter.« Jukes fühlte, dass der Arm von seinen Schultern genommen war. Er hatte seine Befehle empfangen und konnte gehen – um was zu tun? In seiner Aufregung war er unvorsichtig genug, seinen Halt fahren zu lassen, und sofort wurde er vom Sturme erfasst und weiter getrieben, sodass er meinte, er werde rettungslos über das Heck fliegen. Eilig warf er sich nieder, sodass der Bootsmann, der ihm folgte, auf ihn fiel.

»Bleiben Sie nur liegen, Herr«, schrie dieser, »'s hat keine Eile.« Eine Woge ging über sie hin. Aus der sprudelnden Rede des Mannes entnahm Jukes soviel, dass die Treppe weggerissen sei. »Ich werde Sie an den Händen hinunterlassen, Herr«, schrie der Bootsmann und fügte die tröstliche Bemerkung hinzu, dass der Schornstein wohl auch bald über Bord gehen werde. Jukes hielt dies für sehr wahrscheinlich und sah im Geiste die Feuer erlöschen, das Schiff hilflos ...

Der Bootsmann an seiner Seite fuhr fort zu schreien. »Was? Was ist?«, rief Jukes in Verzweiflung; und der andre wiederholte: »Was würde meine Alte sagen, wenn sie mich jetzt sehen könnte?«

In den Backbordgang war reichlich Wasser eingedrungen, dessen Plätschern und Gurgeln den Eintretenden ans Ohr schlug. In todähnlicher Ruhe saßen und lagen die Leute in der Finsternis beisammen, bis Jukes über einen von ihnen stolperte und ihn zornig fluchend schalt, dass er im Wege liege. Jetzt fragten mehrere Stimmen eifrig: »Ist noch Rettung möglich, Herr?«

»Was ist denn mit euch Narren?«, fragte er seinerseits barsch. Es war ihm, als könne er sich mitten unter sie hinlegen, um sich nicht mehr zu rühren. Aber seine Worte schienen sie aufgemuntert zu haben; und unter sorglichen Warnungen, wie: »Geben Sie acht, Herr! Stoßen Sie sich nicht, Herr!« wurde er von diensteifrigen Händen in die Kohlenkammer hinabgelassen. Der Bootsmann fiel nach ihm hinunter und sobald er sich aufgerappelt hatte, bemerkte er: »Sie würde sagen: ›Es geschieht dir recht, alter Narr; warum gehst du zur See?‹«

Der Bootsmann war nicht unbemittelt und ließ dies gerne merken. Seine Frau – eine rundliche Erscheinung – führte mit zwei erwachsenen Töchtern ein Grünzeuggeschäft im Ostende von London.

Während Jukes sich mit aller Mühe fest auf seine Beine zu stellen suchte, vernahm er einen Lärm wie von schwachen Donnerschlägen. Dicht neben sich glaubte er halberstickes Schreien zu hören, das von dem Tosen des Sturmes begleitet wurde. Der Kopf schwindelte ihm. Die Bewegungen des Schiffes kamen auch ihm hier unten ganz ungewöhnlich und gefahrdrohend vor; sie ängstigten ihn und lähmten seine Willenskraft, wie wenn er ein Neuling auf See gewesen wäre.

Am liebsten wäre er wieder hinausgeklettert; allein die Erinnerung an Kapitän Mac Whirrs Stimme ließ dies nicht zu. Er hatte Befehl, zu gehen und nachzusehen. – Natürlich würde er nachsehen, sagte er sich, innerlich wütend. Der unsicher hin und her stolpernde Bootsmann ermahnte ihn, ja vorsichtig zu sein beim Öffnen der Tür, da die Chinesen drinnen auf Tod und Leben kämpften. Und wie in großem körperlichem Schmerze fragte Jukes in gereiztem Tone, um was zum Teufel sie denn kämpften.

»Um Dollar, Herr! Um Dollar! All ihre wurmstichigen Kisten sind aufgebrochen. Das Geld rollt überall herum, und sie stürzen sich wie verrückt darauf – schlagen und beißen sich, dass es eine Art hat. Eine richtige Hölle ist da drinnen.«

Krampfhaft öffnete Jukes die Tür; der kleine Bootsmann guckte unter seinem Arme durch.

Eine der Lampen war ausgegangen, vielleicht zerbrochen worden. Wütende Kehllaute drangen den Eintretenden entgegen und ein sonderbares Keuchen – das Arbeiten all der überangestrengten Brustkasten.

Ein schwerer Stoß traf die Seite des Schiffes: Mit betäubender Gewalt hörte man oben das Wasser aufschlagen. Im Vordergrund der dicken rötlichen Atmosphäre sah Jukes hier einen Kopf heftig aufs Deck ausschlagen, dort zwei dicke Waden in die Höhe stehen, sehnige Arme einen nackten Körper umschlingen, ein gelbes Gesicht mit offenem Munde und wildem, starrem Blick auftauchen und wieder verschwinden. Eine leere Kiste fiel, sich überschlagend, geräuschvoll zu Boden. Mit dem Kopfe voran, wie durch einen Fußtritt in Bewegung gesetzt, flog ein Mann durch die Luft, während im Hintergrund andre wie ein Haufen rollender Steine einen Abhang hinunter zu gleiten schienen, das Deck mit ihren Füßen stampfend und wild die Arme schwingend. Die zur Luke hinaufführende Treppe war mit Kulis beladen; sie hingen daran wie schwärmende Bienen an einem Baumaste. In einem unruhig bewegten Klumpen kauerten sie auf den Stufen. Einige schlugen wie toll mit den Fäusten gegen die verlattete Luke. Jetzt neigte sich das Schiff stärker und sie fingen an herunterzufallen – erst einer, dann zwei, dann alle Übrigen mit lautem Kreischen.

Jukes stand starr vor Entsetzen. Der Bootsmann mahnte ihn mit rauer Sorglichkeit: »Dass Sie mir ja nicht hineingehen, Herr!«

Der ganze Raum schien sich um sich selbst zu drehen und unaufhörlich auf und nieder zu wippen, und wenn das Schiff von einer See in die Höhe gehoben wurde, meinte Jukes nicht anders, als dass alle Chinesen in geschlossenem Haufen auf ihn zuschießen müssten. Er trat rückwärts aus der Tür, schlug sie zu und verriegelte sie mit zitternden Händen.

Sobald sein Steuermann ihn verlassen, hatte der allein auf der Brücke zurückgebliebene Kapitän sich seitwärts gewandt und war nach dem Steuerhause gewankt. Da dessen Tür nach außen aufging, musste er dem Sturme den Eintritt abringen, und als er endlich hineinkam, geschah es mit großem Lärm und einem Schlage, als ob er durch das Holz hindurch gefeuert worden wäre. Nun stand er drinnen und hielt sich am Türgriff. Der Steuerapparat war nicht mehr dampfdicht; ein dünner, weißer Nebel erfüllte den beschränkten Raum, in dem das Glas des Kompassgehäuses ein glänzendes Oval von Licht bildete. Der Sturm heulte und pfiff und stieß dazwischen in dröhnenden Schlägen gegen Türen und Läden, begleitet von heftig aufprasselnden Schauern. Das Rostwerk am Boden schwamm beinahe schon; mit jeder neuen

See drang das Wasser stärker zu allen Ritzen um und neben der Tür herein. Der Mann am Steuer hatte Mütze und Rock weggeworfen und stand, gegen das Gehäuse der Steuermaschine gestemmt, in einem auf der Brust offenen, gestreiften Baumwollhemde da. Das kleine Messinggrad in seinen Händen sah aus wie ein zierliches Spielzeug. Die Sehnen an seinem Halse traten stark hervor, ein dunkler Flecken lag in seiner Halsgrube und sein Gesicht war eingesunken und leblos wie das eines Toten.

Kapitän Mac Whirr wischte sich die Augen. Die See, die ihn beinahe über Bord gespült hätte, hatte ihm zu seinem großen Verdruss den Südwester vom kahlen Haupte gerissen. Sein flaumiges, helles Haar war nass und dunkel, sodass es aussah, als ob ein Strang grober Baumwollfäden um seinen bloßen Schädel geschlungen wäre. Sein vom Seewasser glänzendes Gesicht war vom Winde und dem Anprall des Flugwassers dunkel gerötet. Er sah aus, als käme er in Schweiß gebadet von der Seite eines glühenden Ofens.

»Sie hier?«, murmelte er dumpf. Der zweite Steuermann hatte kurz vorher den Weg ins Steuerhaus gefunden. Er hatte sich in einer Ecke niedergelassen und saß nun da, die Knie hinaufgezogen, eine Faust gegen jede Schläfe gepresst; aus seiner Haltung sprachen Wut, Bekümmernis, hoffnungslose Ergebung und eine Art hartnäckigen Grolles. In kläglichem und zugleich trotzigem Tone sagte er: »Nun, ich habe ja die Wache unten, nicht wahr?«

Die Steuermaschine rasselte, setzte aus, rasselte wieder; die Augäpfel des Steuermannes traten aus seinem hungrigen Gesichte hervor, als ob die Windrose hinter dem Glase essbar gewesen wäre. Gott weiß, wie lange man ihn am Steuer gelassen hatte; all seine Schiffsgenossen schienen ihn vergessen zu haben. Keine Glocke hatte geschlagen; keine Ablösung war erfolgt. Der Sturm hatte die Schiffsordnung verweht. Der Mann am Steuer aber versuchte noch immer das Schiff gegen Nord-Nordost zu halten, mochte das Ruder nicht mehr vorhanden sein, mochten die Feuer erloschen, die Maschinen zerbrochen, das Schiff bereit sein, im nächsten Augenblick wie ein Leichnam auf die Seite zu fallen. Er musste sich alle Mühe geben, nicht irrezuwerden und die Richtung nicht zu verlieren, da die Windrose weithin nach beiden Richtungen schwang, ja sich manchmal rundherum zu drehen schien. Er litt schwer unter der langandauernden geistigen Anspannung.

Dabei fürchtete er beständig, das Steuerhaus möchte weggerissen werden – Berge von Wasser schlugen fortgesetzt dagegen. Wenn das Schiff in die Tiefe hinabtauchte, zuckte es nervös um seine Mundwinkel.

Kapitän Mac Whirr hob den Blick zur Wanduhr empor, deren schwarze Zeiger auf dem weißen Zifferblatts ganz still zu stehen schienen. Es war halb zwei Uhr morgens.

»Ein neuer Tag!«, murmelte er vor sich hin.

Der zweite Steuermann hörte es, und den Kopf erhebend mit der Miene eines Menschen, der unter Trümmern klagt, rief er: »Sie werden ihn nicht anbrechen sehen«, während seine Knie und seine Handgelenke heftig schlotterten. »Nein, bei Gott! Sie werden's nicht!«

Wieder nahm er sein Gesicht zwischen seine Fäuste.

Der Mann am Steuer hatte leicht den Körper bewegt, während sein Kopf sich so wenig rührte wie ein Haupt von Stein auf einer Säule. Während einer heftigen Bewegung des Schiffes, die ihm aufs Haar die Beine weggerissen hätte, und während er noch schwankend sich in Sicherheit zu bringen suchte, sagte Kapitän Mac Whirr streng: »Hören Sie ja nicht auf das, was dieser Mann sagt.« Und mit einer undefinierbaren Veränderung des Tones fügte er sehr ernst hinzu: »Er ist nicht im Dienst.«

Der Matrose erwiderte nichts.

Der Sturm tobte und rüttelte an dem kleinen Hause, das luftdicht zu sein schien, und das Licht des Kompasshauses flackerte unruhig.

»Sie sind nicht abgelöst worden«, fuhr Kapitän Mac Whirr fort, die Augen auf den Boden geheftet. »Ich wünsche trotzdem, dass Sie so lang, als Sie können, am Steuer bleiben. Sie sind jetzt im Zuge. Käme jetzt ein anderer her, so könnte er alles verderben. Darf nicht sein. Kein Kinderspiel. Und die Matrosen sind wahrscheinlich unten anderweitig beschäftigt – meinen Sie, dass Sie's leisten können?«

Der Steuerapparat rasselte jäh auf und stand plötzlich still. Von den Lippen des stillen Mannes mit dem regungslosen Blick aber kam es, als ob alle verhaltene Leidenschaft in ihm sich in seine Worte drängte: »Beim Himmel, Herr Kapitän! Ich kann in Ewigkeit steuern, wenn man mich in Ruhe lässt.«

»Ah, so! Ja ja! … Schon gut …« – zum ersten Male sah der Kapitän dem Manne ins Gesicht – »… Hackett.«

Damit schien der Gegenstand für ihn abgetan zu sein. Er beugte sich zu dem in den Maschinenraum führenden Sprachrohr hinab, rief hinein und senkte lauschend den Kopf. Ingenieur Rout antwortete, und sofort setzte der Kapitän seine Lippen ans Mundstück.

Während der Sturm in ungeschwächter Wut ihn umtobte, gebrauchte er bald seinen Mund, bald sein Ohr. Die aus der Tiefe antwortende Stimme des Ingenieurs klang rau – gerade als ob sie aus dem Getümmel eines Gefechtes käme. Einer der Heizer sei dienstunfähig geworden, die beiden andern seien vom zweiten Ingenieur und dem Manne von der Ersatzmaschine abgelöst worden. Der dritte Ingenieur stehe am Dampfventil. Die Maschinen würden nebenbei bedient. Wie es denn oben stehe?

»Schlecht genug. Das meiste kommt jetzt auf Sie an«, antwortete Kapitän Mac Whirr. Dann fragte er, ob der erste Steuermann schon unten sei. Nein? Dann würde er jedenfalls gleich kommen. Herr Rout möge ihn durchs Sprachrohr reden lassen – durchs Decksprachrohr, weil er – der Kapitän – gleich wieder auf die Brücke hinausgehen werde. Unter den Chinesen sei Streit ausgebrochen; es scheine, als kämpften sie gegeneinander; das dürfe ja doch nicht sein – –

Herr Rout war weggegangen und Kapitän Mac Whirr konnte den Gang der Maschinen hören, gleichsam den Herzschlag des Schiffes. Dann hörte er Routs Stimme unten wie aus weiter Ferne rufen. Mit jähem Sturz tauchte das Schiff in die Tiefe – hastig und mit zischendem Lärm arbeiteten die Maschinen – dann war plötzlich alles still. Das Gesicht des Kapitäns blieb unbeweglich und seine Augen ruhten unabsichtlich auf der zusammengekauerten Gestalt des zweiten Steuermannes.

Wieder vernahm man Routs Stimme in der Tiefe, und die Pulsschläge der Maschinen begannen aufs Neue, langsam zuerst, dann rascher. Herr Rout war ans Sprachrohr zurückgekehrt. »Wird einerlei sein, was die Chinesen machen«, sagte er hastig, dann in gereiztem Tone: »Das Schiff taucht unter, als ob es nie wieder heraufkommen wollte.«

»Furchtbare Seen!«, bemerkte der Kapitän oben.

»Lassen Sie es mich nicht dem Untergang entgegen treiben«, bellte Salomon Rout das Rohr hinauf.

»Kann nicht sehen, was kommt bei dieser Finsternis«, kam die Antwort herab. »Müssen – in Bewegung halten, dass – steuern kann – und – darauf ankommen lassen.«

»Ich tue so viel ich irgend tun darf.«

»Wir werden tüchtig zerschlagen – da oben«, sprach die obere Stimme in gelassenem Tone weiter, »– doch – ist es – nicht – allzu schlimm. Natürlich, wenn das Steuerhaus fortgerissen würde ...«

Herr Rout horchte auf und murmelte ingrimmig etwas zwischen den Zähnen.

Plötzlich wurde die bedächtige Stimme oben lebhafter, indem sie fragte: »Ist Jukes noch nicht da?« Und nach einer kleinen Pause fügte sie hinzu: »Wenn er sich doch beeilen wollte! Ich möchte, dass er unten fertig wäre und herauf käme – für alle Fälle. Um das Schiff zu beaufsichtigen. Ich bin ganz allein. Der zweite Steuermann ist verloren ...«

»Was?«, schrie Rout in den Maschinenraum hinein, dann ins Sprachrohr: »Über Bord gegangen?« Und er presste sein Ohr gegen das Sprachrohr.

»Von Sinnen gekommen«, fuhr die Stimme von oben in trockenem Tone fort. »Fatale Geschichte!«

Herr Rout, der mit gesenktem Haupte zuhörte, öffnete weit die Augen bei dieser Mitteilung. Plötzlich drang ein Geräusch wie von einem Ringen, untermischt mit abgebrochenen Ausrufen, zu ihm herab. Er lauschte angespannt. Während dieser ganzen Zeit hielt Beale, der dritte Ingenieur, mit hochgehobenen Armen zwischen seinen beiden Handflächen den Rand eines kleinen schwarzen Rades, das an der Seite eines dicken kupfernen Rohres saß. Es sah aus, als halte er es sich über den Kopf und als sei dies eine richtige Stellung in einer bestimmten Art von Spiel.

Um einen Halt zu haben, presste er die Schulter gegen die weiße Schottwand, während er ein Knie gebeugt hatte. Ein Schweißtuch hing in seinem Gürtel über der Hüfte. Seine bartlosen Wangen waren erhitzt und schmutzig, und der Kohlenstaub auf seinen Augenlidern erhöhte wie eine künstlich aufgetragene Farbe den feuchten Glanz des Weißen seiner Augen und gab so seinem jugendlichen Gesichte ein fast weibliches, fremdartiges und fesselndes Aussehen. Sooft das Schiff in die Tiefe tauchte, schraubten seine Hände in nervöser Hast krampfhaft an dem kleinen Rade.

»Verrückt geworden«, ließ sich die Stimme des Kapitäns plötzlich in dem Sprachrohr vernehmen. »Hat sich auf mich gestürzt ... jetzt eben. Musste ihn niederschlagen ... diese Minute. Haben Sie gehört, Herr Rout?«

»Zum Teufel!«, murmelte dieser. »Passen Sie auf, Beale!«

Sein Ruf hallte wie der Ton einer warnenden Posaune von den Wänden des Maschinenraumes wider, die, weißgestrichen, hoch hinaufragten in die Dämmerung des Oberlichtes. Der ganze hohe Raum glich dem Innern eines Grabmales; er war durch eiserne Gitterböden abgeteilt; Lichter flackerten in verschiedener Höhe der Wand, während die in der Mitte des Raumes rastlos arbeitenden Maschinen großenteils in Dunkel gehüllt waren.

Ein starker Widerhall des gesamten atmosphärischen Aufruhrs erfüllte die unbewegte, warme Luft, in der sich der Geruch von heißem Metall und Öl mit leichten Dampfnebeln vermischte. Die Schläge der Wogen gegen das Schiff machten sich in lautlosen, betäubenden Stößen fühlbar.

Das hellpolierte Metall leuchtete in blassen, länglichen Flammen. Aus dem Boden unten tauchten die ungeheuren Kurbeln in ihrem funkelnden Stahl- und Messingglanze auf und gingen dann wieder hinunter. Mit unerschütterlicher Pünktlichkeit schienen die starkgelenkigen Kurbelstangen, die an die Glieder eines Skeletts erinnerten, sie hinunterzustürzen und wieder heraufzuziehen. Und tiefer im Halbdunkel glitten andre Stangen bedächtig hin und her; Kreuzköpfe nickten; Metallscheiben rieben die glatten Flächen aneinander, langsam und sanft, in einem wunderbaren Gemisch von Licht und Schatten.

Dann und wann verlangsamten sich all diese mächtigen und unfehlbaren Bewegungen gleichzeitig, wie wenn sie von einem lebenden Organismus ausgingen, der von plötzlicher Entkräftung befallen worden, und Herrn Routs Augen blickten düsterer aus seinem hageren, blassen Gesichte. Er kämpfte diesen Kampf in einem Paar Straminpantoffeln und in einer kurzen, abgetragenen Jacke, die ihm kaum bis an die Lenden reichte. Seine weißen Handgelenke ragten weit aus den engen Ärmeln hervor, als ob die Krisis, in der er sich befand, seiner Größe etwas hinzugefügt und seine Glieder verlängert hätte, wie sie seine Wangen gebleicht und seine Augen hohl gemacht hatte. Er war beständig in Bewegung: Bald kletterte er in die Höhe, bald verschwand er in der Tiefe in rastloser, zielbewusster Geschäftigkeit, und wenn er, den Hebel vor dem Anlassrade haltend, stillestand, beobachtete er einmal den Dampfmesser und dann wieder den Wassermesser, die beide an der weißen Wand angebracht waren und von einer hin und her schaukelnden Lampe beleuchtet wurden. An seiner Seite gähnten die Mundstücke zweier Sprachrohre. Die kreisrunde Fläche des Telegrafen glich dem Zifferblatt einer großen Uhr – anstatt der Ziffern zeigte sie kurze Worte. Tiefschwarz hoben sich die zu Wörtern gruppierten Buchstaben rings um die Achse des Indikators ab – laute Kommandorufe ausdrückend, wie: »Voraus! Zurück! Langsame Fahrt! Halbe Fahrt! Achtung!« Und der dicke schwarze Zeiger deutete nach unten auf das Wort »Volldampf«, das, auf diese Weise bezeichnet, das Auge auf sich zog, wie ein lauter Schrei Aufmerksamkeit erzwingt.

Der mit Holz bekleidete, von stolzer Höhe herabschauende Niederdruckzylinder ließ bei jedem Schlag ein schwaches Keuchen hören; von diesem leisen Zischen abgesehen, arbeiteten die stählernen Glieder der Maschinen, gleichviel ob schnell oder langsam, mit lautloser Glätte. Und alles zusammen – die weißen Wände, das bewegliche Metall, die Platten des Bodens unter Salomon Routs Füßen, das eiserne Rostwerk über seinem Haupte, die mannigfachen Schatten und Lichter – alles das hob und senkte sich beständig, während das Anschlagen der Wogen draußen gegen das Schiff einen rauen Misston in dieser Harmonie zu bilden schien. Der hohe Raum, in dem der Sturm ein hohlklingendes Echo fand, wurde am oberen Ende wie ein Baum hin und her bewegt und neigte sich tatsächlich bald auf die eine, bald auf die andre Seite unter den furchtbaren Stößen.

»Sie sollen machen, dass Sie hinaufkommen«, rief Herr Rout, sobald er Jukes unter der Tür des Heizraumes erscheinen sah.

Jukes' Augen blickten starr und unstet; sein erhitztes Gesicht war angeschwollen, wie wenn er zu lange geschlafen hätte. Er hatte einen schwierigen Weg hinter sich und hatte ihn mit ungeheurer Schnelligkeit zurückgelegt, wobei die Erregung seines Gemütes mit den Bewegungen seines Körpers gleichen Schritt gehalten. In jäher Hast war er aus dem Kohlenraume geklettert, war in dem dunklen Raume unter der Brücke inmitten einer Menge aufgeregter Leute herumgestolpert, die unter seinen Tritten ein erschrockenes: »Was gibt's, Herr?« murmelten, war die Treppe in den Heizraum hinuntergeeilt, wobei er in seiner Hast mehr als eine der eisernen Stufen verfehlte – hinunter an einen Ort, der tief war wie ein Brunnen und dunkel wie die Hölle und sich zugleich wie eine Schaukel in fortwährender Bewegung befand. Das Wasser in den Schiffsböden unten verursachte bei jedem neuen Schlingern ein donnerähnliches Getöse. Große und kleine Kohlenstücke sprangen hin und her, von einem Ende bis zum andern mit einem Lärm, als ob eine Lawine von Kieselsteinen einen ehernen Abhang hinunterrollte.

Hier stöhnte jemand vor Schmerz; dort sah Jukes jemand sich über den anscheinend toten Körper eines Mannes beugen; eine heisere Stimme erging sich in Lästerworten und die Glut unter jeder Ofentür glich einem Pfuhle blutigroter Flammen, deren Schein ruhig das samtartige Dunkel beschien.

Ein heftiger Windstoß traf Jukes ins Genick, und im nächsten Augenblick fühlte er den Luftzug um seine nassen Knöchel strömen. Die Ventilatoren des Heizraumes brummten; vor den sechs Ofentüren arbeiteten wankend zwei wild aussehende Gestalten, bis an die Hüften entblößt, jede mit einer Schaufel in der Hand.

»Hallo! Zug genug jetzt!«, schrie der zweite Ingenieur sofort, als habe er die ganze Zeit nach Jukes ausgesehen. Ein andrer, ein fixer kleiner Kerl mit blendend weißer Haut und einem zierlichen Schnurrbärtchen arbeitete in einer Art stummen Ingrimms. Sie hatten fortwährend Volldampf zu erhalten, und ein Rumpeln wie von einem leeren Möbelwagen, der über eine Brücke fährt, bildete die solide Bassgrundlage zu all den andern lärmenden Geräuschen, die den Raum erfüllten.

»Das bläst wie verrückt!«, fuhr der Ingenieur zu schreien fort. Mit einem Getöse, als ob hundert eiserne Pfannen gescheuert würden, spie die Öffnung eines Ventilators plötzlich einen starken Guss Salzwasser auf seine Schulter, was er mit einem Strom von Flüchen auf alle Dinge in der Welt, seine eigene Seele nicht ausgenommen, quittierte, ohne einen Augenblick in seiner Beschäftigung innezuhalten. Klirrend öffnete sich die Feuerungstür; der Schein des Feuers fiel auf seinen kugelförmigen Kopf, beleuchtete seine sprudelnden Lippen und sein keckes Gesicht, bis sich die Tür, ein weißglühendes eisernes Auge, mit erneutem Klirren schloss.

»Wo befindet sich das edle Schiff eigentlich? Können Sie mir's vielleicht sagen? Unter Wasser oder wo? Hier unten kriegen wir's tonnenweise. Sind die verdammten Jammerlappen droben in den Hades gefahren? He? Wissen Sie denn gar nichts, Sie lustiger Seemann, Sie?«

Eine Bewegung des Schiffes hatte Jukes rasch durch den Heizraum hindurch an die offene Tür des Maschinenraumes befördert, und kaum hatten seine Augen flüchtig auf der verhältnismäßigen Weite, Stille und freundlichen Helle hier geruht, als das Schiff sich mit dem Hinterteil schwer ins Wasser setzte und er mit dem Kopfe voran auf Herrn Rout zuflog.

Der Arm des ersten Ingenieurs, lang wie ein Fühlfaden und wie durch Federdruck gerade ausgestreckt, empfing ihn und beförderte ihn mit tunlichster Eile ans Sprachrohr, während er eifrig wiederholte: »Sie müssen sich beeilen, hinaufzukommen.«

Jukes schrie: »Sind Sie da, Herr Kapitän?« und lauschte. Keine Antwort. Plötzlich fiel das Heulen des Sturmes ihm direkt ins Ohr, aber im nächsten Augenblick schob eine schwache Stimme den tosenden Gesellen ruhig auf die Seite: »Sind Sie es, Jukes? – Nun?«

Jukes war bereit zu erzählen. Die Sache sei leicht genug zu erklären, berichtete er. Er könne sich sehr wohl die in dem dumpfen Zwischendeck eingeschlossenen Kulis vorstellen, wie sie krank und verängstigt zwischen den Reihen ihrer Kisten gelegen. Eine dieser Kisten oder vielleicht mehrere waren bei einer heftigen Bewegung des Schiffes losgerissen worden, waren auf andre gestoßen, da und dort hatte eine Seitenwand nachgegeben, war ein Deckel aufgesprungen, und die Chinesen waren wie ein Mann aufgestanden, um ihr Eigentum zu retten. Dann hatte jeder Stoß, der das Schiff traf, die trampelnde, schreiende Masse hierhin und dorthin, von einer Seite auf die andre geworfen; Holzsplitter und Fetzen von zerrissenen Kleidern waren umhergeflogen, während die Silberdollars auf dem Boden rollten. Einmal im Kampfe, waren sie nicht imstande, ihm ein Ende zu machen. Nur mit überlegener Gewalt konnte man sie jetzt auseinander bringen. Es war eine unglückliche Geschichte. Er hatte alles mit Augen gesehen, und mehr vermochte er nicht zu sagen. Einige der Leute mussten getötet worden sein; die andern kämpften wohl noch jetzt … Er sprach rasch, und seine Worte überstürzten sich in dem engen Sprachrohr. Es war als stiegen sie in die schweigende Stille eines erleuchteten Verständnisses empor, das da oben allein mit dem Sturme wohnte. Und Jukes wünschte, dem widerwärtigen Vorgange den Rücken kehren zu dürfen, der sich dem Schiffe in seiner großen Not so störend aufdrängte.

5.

Er wartete auf Antwort. Vor seinen Augen arbeiteten die Maschinen in langsamem, gemächlichem Gange, der, sobald er in tolles Jagen überging, auf Herrn Routs Ruf: »Passen Sie auf, Beale!« auf der Stelle gänzlich unterbrochen wurde. Mitten in einer Umdrehung verharrten sie in verständnisvoller Zurückhaltung; eine schwere Kurbel blieb auf der Kante stehen, als sei auch sie sich der Gefahr und Verantwortung bewusst. Ein »So, jetzt!« aus dem Munde des Chefs, und mit einem Laute, wie wenn jemand durch die Zähne hindurch ausatmet, vollendeten sie die unterbrochene Umdrehung und begannen eine neue. In ihren Bewegungen waren scharfsinnige Klugheit und Bedächtigkeit mit ungeheurer Kraft gepaart. Das war ihre Sache – ein halb verlorenes, vor Schrecken tolles Schiff sanft und geduldig durch die wütenden Wogen zu bringen – unter den Augen seines grimmigsten Feindes, des Sturmes. Dann und wann ließ Herr Rout das Kinn auf die Brust sinken und beobachtete die Maschinen mit zusammengezogenen Brauen wie in tiefem Nachdenken.

Die Stimme, die den Sturm aus Jukes' Ohr verdrängte, sprach jetzt: »Nehmen Sie die Matrosen mit sich ...«, und schwieg dann plötzlich.

»Was soll ich denn mit ihnen machen, Herr Kapitän?« Ein scharfer, gebieterischer Klang ertönte. Die drei Augenpaare flogen zu der Telegrafenscheibe empor und sahen den Zeiger von »Volldampf« auf »Halt« springen, wie von einem unsichtbaren, wilden Dämon hingerissen. Und die drei Männer im Maschinenraume hatten das deutliche Gefühl, als sei dem Schiff eine drohende Gefahr entgegengetreten, als ziehe es sich in sich selbst zurück, um sich zu einem verzweifelten Sprunge zu sammeln.

»Halt!«, schrie Herr Rout.

Niemand – selbst nicht Kapitän Mac Whirr, der allein auf Deck eine weiße Schaumlinie bemerkt hatte in einer Höhe, dass er seinen Augen nicht trauen zu können meinte – niemand sollte je erfahren, wie groß die steile Höhe jener See gewesen, wie abgrundtief die Höhlung, die der Sturm hinter der laufenden Wasserwand her ausgebohrt hatte. Sie stürzte sich in eilendem Laufe auf die Nan-Shan, die ihrerseits nach einer kleinen Pause, als gürte sie ihre Lenden, ihren Bug erhob und aufsprang. Die Flammen aller Lampen sanken tief herab – eine erlosch ganz – der Maschinenraum verdunkelte sich. Mit einem erschütternden Krachen und einem rasenden Lärm ergossen sich Ströme von Wasser aufs Deck, als ob das Schiff unter einen Wasserfall geraten wäre.

Bestürzt, betäubt sahen sich die drei da unten an.

»Bei Gott, die muss von einem Ende bis zum andern gefegt haben!«, schrie Jukes.

Gerade hinunter tauchte das Schiff, als wolle es hinter dem Rande der Erde verschwinden. Der Maschinenraum wankte bedrohlich, wie das Innere eines Turmes bei einem Erdbeben. Aus dem Heizraum drang ein fürchterlicher Lärm von fallenden eisernen Gegenständen. Das Schiff hing so lange in der Tiefe, dass Beale Zeit hatte, sich auf Hände und Knie niederzulassen und zu kriechen anzufangen, als ob er auf allen vieren zu fliehen beabsichtige. Herr Rout wandte langsam den Kopf – sein Gesicht war starr, seine Augen hohl; sein Unterkiefer hing herab. Jukes hatte die Augen geschlossen, sein Gesicht war totenbleich und ausdruckslos wie das Gesicht eines Blinden.

Endlich erhob sich die Nan-Shan – mühsam und schwerfällig, als ob sie mit ihrem Kiele eine Bergeslast heben müsse.

Herr Rout schloss den Mund, Jukes blinzelte und der kleine Beale erhob sich hastig.

»Noch eine solche See, und sie ist verloren!«, rief der Chef. Er und Jukes sahen sich an, und derselbe Gedanke packte sie. Der Kapitän! Es musste ja alles über Bord geschwemmt worden sein – das Steuerrad fort – das Schiff ein Wrack! Es konnte nicht anders sein!

»Schnell! Fliegen Sie!«, rief Herr Rout heiser, mit großen Augen Jukes anstarrend, der ihm mit einem unentschlossenen Blick antwortete.

Doch der Klang des Telegrafengongs beruhigte sie im nächsten Augenblick. Wie der Blitz fuhr der schwarze Zeiger von »Halt!« auf »Volldampf!«.

»Schnell, Beale!«, rief Herr Rout.

Leise zischte der Dampf. Die Kolbenstangen glitten ein und aus. Jukes legte sein Ohr ans Sprachrohr. Die Stimme oben war schon für ihn bereit. Sie sagte: »Lesen Sie all das Geld auf. Beeilen Sie sich jetzt. Ich brauche Sie hier oben.« Das war alles. »Herr Kapitän!«, rief Jukes hinauf. Keine Antwort.

Er wankte weg wie ein Besiegter vom Schlachtfelde. Auf irgendeine Weise hatte er einen Schnitt über der linken Augenbraue bekommen, der bis auf den Knochen ging. Er hatte nichts davon gemerkt. Das Chinesische Meer hatte in Massen, die groß genug waren, ihm den Hals zu brechen, die Wunde gereinigt, gewaschen und gesalzen. Sie blutete nicht, sie klaffte nur breit und rot und gab ihm in Verbindung mit seinem verwirrten Haare und seiner unordentlichen Kleidung das Aussehen eines im Kampfe übel zugerichteten Mannes.

Mit einem kläglichen Lächeln wendete er sich an Herrn Rout: »Ich soll die Dollar auflesen.«

»Was?«, fragte dieser wild. »Auflesen? ... Da soll ...« Dann sagte er, an allen Muskeln bebend, in nervösem Tone: »Gehen Sie jetzt, um Gottes willen! Ihr Deckleute macht mich noch verrückt. Der zweite Steuermann hat den Alten angefallen – wissen Sie es nicht? Ihr geratet außer Rand und Band, weil ihr nichts zu tun habt.«

Bei diesen Worten fühlte es Jukes heiß in sich aufwallen. Nichts zu tun ... wahrhaftig ... Voll heftigen Zornes gegen den Chef schickte er sich an, den Weg zurückzugehen, den er gekommen war. Im Heizraume arbeitete der dicke Mann von der Ersatzmaschine mit seiner Schaufel stumm weiter, als sei ihm die Zunge aus dem Munde geschnitten worden. Der zweite Ingenieur dagegen gebärdete sich wie ein furchtloser Irrsinniger, dem die Fähigkeit erhalten geblieben war, das Feuer unter einem Dampfkessel zu schüren.

»Hallo, Sie wandernder Steuermann! Können Sie mir nicht ein paar von Ihren Schlammschluckern herunterschicken, dass sie mir ein wenig von der Asche da hinaufwinden? Ich ersticke sonst noch drunter. Zum Teufel auch! Hallo! He! Wie heißt's in den Schiffsartikeln? ›Matrosen und Heizer sollen einander beistehen.‹ He! Hören Sie nicht?«

Jukes kletterte wie rasend die eiserne Treppe hinauf. Der andre aber sah ihm nach und brüllte: »Können Sie nicht reden? Was haben Sie überhaupt hier herumzukriechen? Worauf machen Sie eigentlich Jagd?«

Jukes war wütend. Als er unter die Leute im Backbordgange trat, war es ihm, als könnte er ihnen allen die Hälse brechen, sobald sie das leiseste Zeichen von Widerstreben sehen ließen. Schon der Gedanke daran brachte ihn außer sich. *Er* durfte sich nicht widersetzen – *sie* sollten's auch nicht.

Das Ungestüm, mit dem er unter sie fuhr, riss sie mit fort. Sein wiederholtes Kommen und Gehen hatte sie aus ihrer dumpfen Ruhe aufgerüttelt, die Wildheit und Raschheit seiner Bewegungen sie erschreckt und aufgeregt; und der Umstand, dass sie ihn nicht sehen, nur hören und fühlen konnten, verlieh seinem Auftreten den Charakter des Schauerlichen; sie hatten das Gefühl, dass es sich bei seinem Vorgehen um Tod und Leben handle, und dass deshalb jedes Zögern ausgeschlossen sei. Auf sein erstes Wort hörte er sie gehorsam in die Kohlenkammer hinunterspringen.

Sie waren sich nicht klar darüber, was geschehen sollte. Einer fragte den andern: »Was ist? Was gibt's?« Der Bootsmann versuchte, es ihnen zu erklären. Zu ihrer Überraschung hörten sie den Lärm einer großen Rauferei, während die heftigen Schläge der Wogen, in der dunklen Tiefe furchtbar widerhallend, sie die Gefahr, in der sie schwebten, nicht aus den Augen verlieren ließen. Als der Bootsmann die Tür öffnete, war es, als ob ein Wirbel des Orkans sich durch die eisernen Wände des Schiffes gestohlen und all diese Körper in einen wilden Tanz versetzt habe: gellendes Geheul und Getümmel, ingrimmiges Murren, abgerissenes Schreien und das Stampfen vieler Füße – alles das mischte sich mit dem Donnern der Wogen.

Einen Augenblick blieben die Leute wie erstarrt unter der Tür stehen. Jukes drängte sich gewaltsam zwischen ihnen durch. Ohne ein Wort zu sagen, stürzte er sich hinein. Wieder saß ein Haufen Kulis auf der Lukentreppe in dem selbstmörderischen Bemühen, die verlattete Luke zu durchbrechen, und wieder fielen sie herunter und begruben ihn unter sich wie einen Mann, der von einem Erdrutsch überrascht wird. In großer Aufregung schrie der Bootsmann: »Kommt! Rettet den Steuermann! Er wird totgetreten! Schnell! Schnell!«

Sie stürzten hinein. Ihre Füße traten auf Rücken, Finger, Füße und Gesichter, verwickelten sich in Haufen von abgerissenen Gewändern, stießen auf krachende Holztrümmer; aber ehe sie des Gefährdeten habhaft werden konnten, hatte dieser sich erhoben und stand nun bis an die Hüfte von einer Menge krallenartig nach ihm ausgestreckter Fäuste umgeben.

Sobald er den Augen seiner Begleiter entschwunden war, waren alle Knöpfe seiner Jacke abgerissen, diese selbst am Rücken bis hinauf zum Kragen aufgeschlitzt und seine Weste aufgerissen worden. Ein neues Rollen des Schiffes ließ die Hauptmasse der Chinesen seitwärts gleiten in einem dunklen, hilflosen Klumpen, aus dem da und dort beim trüben Scheine der Lampen ein Augenpaar in wildem Glanze hervorblitzte.

»Lasst mich in Ruhe!«, schrie Jukes. »Ich brauche niemand. Treibt sie vorwärts! Gebt acht, wenn das Schiff wieder stampft! Vorwärts mit ihnen! Treibt sie gegen die Schotting! Keilt sie ein!«

Das Hereinbrechen der Matrosen ins Zwischendeck hatte wie ein Guss kalten Wassers in einen siedenden Kessel gewirkt. Die Wogen des Aufruhrs fingen an sich zu legen.

Die große Masse der Chinesen war so fest ineinander verschlungen, dass die Seeleute, die sich bei den Händen gefasst hatten, sie mit einem gewaltigen Schub vor sich hertreiben konnten, zumal da das Schiff ihnen mit einem tiefen Stampfen zu Hilfe kam. Hinter ihrem Rücken taumelten kleine Gruppen und einzelne Gestalten von einer Seite auf die andere.

Der Bootsmann verrichtete Wundertaten an Kraft. Die langen Arme weit ausgebreitet, mit jeder seiner großen Tatzen eine Eisenstange umklammernd, hielt er sieben zu einem Knäuel verschlungene Chinesen auf, die wie ein Rollstein daherkamen. Seine Gelenke krachten; ein lautes »Ha!« aus seinem Munde – und sie flogen auseinander. Der Zimmermann aber zeichnete sich durch Klugheit aus: Ohne irgendjemand ein Wort zu sagen, ging er in den Backbordgang zurück und holte mehrere Bündel Ketten und Stricke, die er dort gesehen hatte. Damit wurden Schlingerlinien gezogen.

In der Tat fand kein Widerstand statt. Der Kampf, wie er auch begonnen haben mochte, hatte sich in einen Aufruhr wilder Panik verwandelt. Wenn die Kulis sich aufgemacht hatten, um ihre zerstreuten Dollar wieder zu gewinnen, so kämpfte jetzt jeder um ein Stückchen Boden, auf dem er stehen konnte. Einer packte den andern an der Gurgel, nur um nicht umhergeschleudert zu werden. Wer irgendwo einen Halt gefunden hatte, stieß und trat nach den andern, die nach seinen Beinen griffen und sich daran festhielten, bis ein Stoß sie zusammen aufs Deck fliegen ließ.

Die Ankunft der weißen Teufel war kein geringer Schrecken. Waren sie gekommen, um zu morden? Doch die aus dem Haufen gerissenen Individuen wurden sehr zahm unter den Händen der Seeleute: Einige, die an den Beinen beiseite gezogen wurden, lagen regungslos, wie Tote, mit offenen, stieren Augen. Da und dort fiel ein Kuli auf die Knie, als wolle er um Erbarmen flehen; einige, die im Übermaß der Furcht sich zu wehren suchten, erhielten einen Schlag zwischen die Augen und ergaben sich, während die Verwundeten sich der rauen Behandlung willenlos unterwarfen, ohne einen Laut der Klage, nur verstohlen mit den Augen blinzelnd. Da und dort sah man blutüberströmte Gesichter; die geschorenen Köpfe zeigten wunde Stellen, und es fehlte nicht an Beulen, Quetschungen und klaffenden Wunden. Das zerbrochene Porzellan aus den Kisten war zum größten Teil die Ursache der letzteren. Da und dort verband sich ein Chinese mit ungeflochtenem Zopf wilden Blickes die blutende Sohle.

Man hatte sie dicht aneinander gereiht, nachdem man sie mit rauer Gewalt zur Ruhe gebracht und sie zur Beruhigung ihrer Aufregung mit einigen Püffen und Stößen traktiert hatte. Nun richtete man aufmunternde Worte an sie, die ihnen jedoch nur Unheil zu verkünden schienen. Totenbleich und aufs Höchste erschöpft saßen sie in Reihen auf dem Boden. Der Zimmermann und zwei Matrosen bewegten sich geschäftig hin und her, zogen die Stricke und Ketten straff und hakten und knoteten sie fest. Der Bootsmann, der mit einem Bein und einem Arm eine Eisenstange umschlang, hatte eine Lampe gegen seine Brust gepresst und gab sich alle Mühe, sie anzuzünden, wobei er beständig knurrte und brummte wie ein geschäftiger Gorilla. Die Gestalten der Seeleute bückten sich da und dort, wie wenn sie Ähren lesen wollten, und alles, was sie fanden, flog in die Kohlenkammer: Kleider, Holzsplitter, Porzellanscherben; auch die in den Jackentaschen der Seeleute aufgesammelten Dollar wurden dort in Sicherheit gebracht. Dann und wann wankte ein Matrose mit einem Arm voll Plunder nach der Tür, und traurige, schiefe Augen folgten seinen Bewegungen.

Mit jedem Rollen des Schiffes neigten sich die langen Reihen der Chinesen vorwärts, und so oft es jäh hinabschoss, stießen die kahlen Köpfe die ganze Linie entlang zusammen.

Wenn das Getöse der über das Deck hinrollenden Seen für einen Augenblick schwächer wurde, so schien es Jukes, dessen Glieder noch unter der Nachwirkung seiner Anstrengungen zitterten, als habe er in seinem tollen Kampfe da unten den Sturm besiegt, als sei eine Stille eingetreten, eine Stille, in der man die Wogen mit donnerähnlichem Getöse an die Seiten des Schiffes schlagen hören konnte.

Das Zwischendeck war vollständig geräumt worden – alles Strandgut beseitigt, wie sich die Seeleute ausdrückten. Aufrecht, je nach den Bewegungen des Schiffes sich hin und her wiegend, standen diese den Reihen der gesenkten Häupter und gebeugten Schultern der Chinesen gegenüber. Da und dort rang ein Kuli nach Atem. Wo das Licht von oben hinfiel, konnte Jukes die hervorstehenden Rippen des einen, das gelbe, furchtsame Gesicht des andern sehen; auch manchem starr und trüb auf sein Gesicht gerichteten Augenpaare begegnete sein Blick. Es wunderte ihn, dass es keine Toten gegeben hatte; allerdings schienen die meisten der Chinesen in den letzten Zügen zu liegen, und er hielt sie für bedauernswerter, als wenn sie tot gewesen wären.

Plötzlich begann einer der Kulis zu sprechen. Auf seinem hageren, verzerrten Gesichte kam und ging das Licht; er warf den Kopf zurück wie ein bellender Hund. Aus der Kohlenkammer hörte man das Klirren einiger auf den Boden gefallener Dollarstücke. Der Kuli streckte den Arm aus, riss den Mund weit auf, und die unverständlichen, dem Schrei eines Uhus vergleichbaren Kehllaute, die keiner menschlichen Sprache anzugehören schienen, gingen Jukes auf die Nerven – es war, als hätte ein Tier zu reden versucht. Noch zwei andre Kulis stießen, wie es Jukes schien, Verwünschungen aus, indes die übrigen murrten und stöhnten. Eilig befahl Jukes den Matrosen, das Zwischendeck zu verlassen. Er selbst ging zuletzt hinaus, rückwärts aus der Tür tretend, während das Murren lauter und lauter wurde und viele Hände sich nach ihm wie nach einem Übeltäter ausstreckten. Der Bootsmann schob den Riegel vor und bemerkte im Tone ängstlicher Verwunderung: »Scheint, als habe der Sturm sich gelegt, Herr.«

Die Matrosen waren froh, wieder in den Backbordgang zurückzukommen. Insgeheim dachte jeder von ihnen, er könne im letzten Augenblick noch aufs Deck hinausstürzen – und das war immerhin ein Trost. Der Gedanke, unter Deck ertrinken zu müssen, hat etwas unsagbar Grauenhaftes. Jetzt, wo sie mit den Chinesen fertig waren, wurden sich die Leute der gefährlichen Lage des Schiffes aufs Neue bewusst.

Als Jukes auf Deck hinaustrat, fand er sich sofort bis zum Halse hinauf von rauschendem Wasser umgeben. Er erreichte die Brücke und entdeckte, dass er imstande war, undeutliche Formen zu unterscheiden, als ob sein Gesicht unnatürlich scharf geworden wäre. Er sah die schwachen Umrisse des Schiffes. Sie riefen ihm nicht den gewohnten Anblick der Nan-Shan zurück, sondern etwas andres – einen alten abgetakelten Dampfer, den er vor Jahren an einer schlammigen Uferbank hatte verrotten sehen. Die Nan-Shan erinnerte ihn an dieses Wrack.

Es war vollkommen windstill – außer der schwachen Strömung, die das Schlingern des Schiffes hervorrief, spürte man keinen Hauch. Der Rauch, den der Schornstein auswarf, senkte sich aufs Deck herab. Jukes atmete ihn ein, indem er vorwärts ging. Er vernahm das regelmäßige Pochen der Maschinen und andre, einzelne Laute, die den allgemeinen großen Aufruhr überlebt zu haben schienen: das Anschlagen zertrümmerter Einrichtungsgegenstände, das Umherrollen irgendeines Gegenstandes auf der Brücke. Er unterschied die vierschrötige Gestalt seines Kapitäns, der sich an dem halb abgebrochenen Brückengeländer festhielt – regungslos und gebeugt, als wäre er in den Planken festgewurzelt. Die unerwartete auffallende Windstille übte einen bedrückenden Einfluss auf Jukes aus.

»Wir haben es ausgeführt, Herr Kapitän«, keuchte er.

»Das hab ich mir gedacht«, sagte Kapitän Mac Whirr.

»So?«, murmelte Jukes gereizt.

»Der Wind hat sich ganz plötzlich gelegt«, fuhr der Kapitän fort.

Da brach Jukes los: »Wenn Sie glauben, dass es ein leichtes Stück –«

Aber sein Kapitän hielt sich an der Reling fest und gab nicht acht auf das, was er sagte.

»Nach den Büchern ist das Schlimmste noch nicht vorüber.«

»Wenn die meisten von ihnen nicht infolge der Seekrankheit und der Angst halb tot gewesen wären, so hätte keiner von uns das Zwischendeck lebendig verlassen«, sagte Jukes.

»Man musste an ihnen tun, was recht ist«, murmelte Kapitän Mac Whirr verständnislos. »Alles kann man nicht in den Büchern finden.«

»Wahrhaftig, ich glaube, sie hätten sich noch zuletzt gegen uns erhoben, wenn ich die Leute nicht schnell genug hinausbeordert hätte«, fuhr Jukes mit Wärme fort.

Nach dem Flüstertone ihres vorherigen Schreiens erschien ihnen ihr gewöhnlicher Gesprächston in der verwunderlichen Stille der Luft auffällig laut. Es kam ihnen vor, als sprächen sie in einem dunklen Gewölbe mit lautem Widerhall. Durch eine zackige Öffnung des Wolkendomes fiel das Licht einiger weniger Sterne auf das unruhig auf- und niederwogende schwarze Meer. Hie und da stürzte die Spitze eines Wasserkegels auf das Schiff nieder und mischte sich mit den Schaumwellen auf dem überschwemmten Deck. Schwerfällig wälzte sich die Nan-Shan in der Tiefe einer kreisförmigen Zisterne von Wolken, die in tollem Tanze um ihren unbewegten Mittelpunkt jagten und das Schiff wie ein lückenloser düsterer Wall umgeben. Drinnen hob sich die See, wie von innerer Unruhe gestachelt, in spitzigen Kegeln, die aneinander anrannten und heftig an die Seiten des Schiffes schlugen; und leise Seufzerlaute – die ungestillte Klage des Sturmes – kamen von jenseits der Grenze der unheimlichen Windstille. Kapitän Mac Whirr schwieg, und Jukes' aufmerksames Ohr vernahm plötzlich das schwache, langgezogene Brüllen einer ungeheuren Woge, die unsichtbar in der tiefen Finsternis dahinrollte, die die schauerliche Grenze seines Gesichtskreises bildete.

»Natürlich dachten sie«, fing Jukes in spöttischem Tone wieder an, »wir wollten die Gelegenheit benützen, sie auszuplündern. Natürlich! Ich sollte ja das Geld auflesen! Leichter gesagt als getan. Sie konnten unmöglich wissen, was wir im Sinn hatten. Wir stürzten hinein – gerade mitten unter sie. Mussten sie überrumpeln.«

»Sie haben Ihren Auftrag ausgeführt – das ist alles, worauf es ankommt«, murmelte der Kapitän, ohne einen Blick auf Jukes zu versuchen. »Man musste tun, was recht ist.«

»Das dicke Ende wird noch nachkommen, wenn dies erst vorüber ist«, erwiderte Jukes gereizt. »Lassen Sie sie sich nur erst ein wenig erholen, dann werden Sie schon sehen! Sie werden uns an die Gurgel fliegen. Vergessen Sie nicht, Herr Kapitän, dass die Nan-Shan kein britisches Schiff mehr ist! Das wissen diese Hunde gut genug. Die verfluchte siamesische Flagge.«

»Wir sind aber doch an Bord«, warf der Kapitän ein.

»Die Geschichte ist noch nicht vorüber«, sagte Jukes mit der Miene eines Propheten, indem er taumelte und sich eilig wieder fest anklammerte. »Die Nan-Shan ist ein Wrack«, fügte er in kläglichem Tone hinzu.

»Noch nicht vorüber«, stimmte der Kapitän halblaut bei. »Geben Sie einen Augenblick acht.«

»Gehen Sie weg, Herr Kapitän?«, fragte Jukes erschrocken, als ob sich der Sturm in dem Augenblick auf ihn stürzen müsste, wo er mit dem Schiff allein gelassen würde.

Sein Blick ruhte auf ihm, wie es einsam und halb vernichtet inmitten der drohenden Wasserberge kämpfte, die von dem Lichte ferner Welten matt beleuchtet wurden. Langsam bewegte es sich, seine überschüssige Triebkraft in einer weißen Dampfwolke ausatmend – die tiefen Töne, die dieses Ausatmen begleiteten, glichen dem herausfordernden Kriegsrufe eines beseelten Seegeschöpfes, das ungeduldig nach der Wiederaufnahme des Kampfes verlangte. Plötzlich verstummten die Töne. Ein leiser Klagelaut erfüllte die stille Luft. Über Jukes' Haupte schienen einige Sterne in den düstern Abgrund der schwarzen Dunstgebilde hinab und ließen diese nur umso finsterer und drohender erscheinen. Auch die Sterne schienen das Schiff aufmerksam zu betrachten, als sähen sie es zum letzten Male, und ihr schimmernder Kranz glich einem Diadem auf einer umwölkten Stirne.

Kapitän Mac Whirr war ins Kartenhaus getreten. Es war kein Licht darin, allein er fühlte die Unordnung des Raumes, wo er sonst in Ordnung zu leben gewohnt war. Sein Lehnstuhl war umgestürzt. Die Bücher waren auf den Boden heruntergefallen; unter seinem Tritte zerbrach ein Stück Glas. Er suchte nach den Zündhölzern und fand eine Schachtel auf einem von einem hohen Rande umgebenen Brett. Er strich eines an und, die Augenwinkel zusammenziehend, hielt er die kleine Flamme gegen das Barometer, dessen glitzerndes Glas und Metall ihm beständig zunickte.

Es stand sehr tief – unglaublich tief, so tief, dass Kapitän Mac Whirr stöhnte. Das Zündholz erlosch, und er beeilte sich, mit seinen unbeholfenen, steifen Fingern ein anderes herauszuziehen. Wieder flackerte eine kleine Flamme vor dem Barometer auf. Des Kapitäns Augen sahen scharf darauf, als ob sie ein kaum sichtbares Zeichen entdecken müssten. Mit seinem ernsten Gesichte glich er einem gestiefelten, missgestalteten Heiden, der seinem Götzenbild Weihrauch opfert. Er hatte sich nicht geirrt. Es war der niedrigste Barometerstand, den er je in seinem Leben gesehen hatte.

Kapitän Mac Whirr pfiff leise. Er achtete nicht die kleine Flamme in seiner Hand, die zu einem blauen Funken zusammensank, seine Finger verbrannte und erlosch. Vielleicht war etwas an dem Ding in Unordnung geraten!

Über dem Sofa war ein Aneroidbarometer angeschraubt. Der Kapitän wandte sich dahin, zündete wieder ein Streichholz an und sah das weiße Antlitz des andern Instrumentes von der Gweling auf sich her-abblicken, bedeutsam, mit nicht anzuzweifelnder Bestimmtheit – mit der unbeteiligten Gleichgültigkeit der Materie, die dem Menschen ein untrügliches Urteil ermöglicht. Jetzt war kein Zweifel mehr. »Pah!«, machte Kapitän Mac Whirr und warf das Zündholz auf den Boden.

Das Schlimmste sollte also noch kommen – und wenn die Bücher recht hatten, so war dies Schlimmste sehr schlimm. Die Erfahrungen der letzten sechs Stunden hatten seine Begriffe von schlechtem Wetter bedeutend erweitert. »Es wird furchtbar sein«, sagte er sich. Er hatte bei dem Lichte der Zündhölzer außer den Barometern nichts mit Absicht angesehen, und doch hatte er bemerkt, dass seine Wasserflasche und die zwei Gläser aus ihrem Ständer herausgeschleudert worden waren, was ihm eine deutlichere Vorstellung von dem zu geben schien, was das Schiff durchgemacht hatte. »Ich hätt's nicht geglaubt«, dachte er. Auch sein Tisch war abgeräumt worden; seine Lineale, seine Blei-stifte, das Tintenfass – all die Dinge, die ihre bestimmten, sicheren Plätze hatten – sie waren fort, als hätte eine boshafte Hand sie, eines nach dem andern, herausgerissen und auf den nassen Boden geworfen. Der Sturm war in die geordnete Einrichtung seiner stillen Klause hin-eingebrochen. Das war noch nie geschehen, und die Bestürzung darüber raubte ihm beinahe die Fassung. Und doch sollte das Schlimmste erst noch kommen! Er war nur froh, dass die Unruhe im Zwischendeck rechtzeitig entdeckt worden war. Wenn das Schiff schließlich doch zu Grunde gehen sollte, so sank es wenigstens nicht mit einem Haufen sich auf Tod und Leben bekämpfender Menschen an Bord. Das wäre scheußlich gewesen. Es war dies eine echt menschliche Empfindung, ein unbestimmtes Bewusstsein von dem, was sich ziemt und nicht ziemt.

Diese augenblicklichen Erwägungen hatten, der Natur des Mannes entsprechend, den Charakter des Langsamen, Schwerfälligen. Er streckte die Hand aus, um die Zündholzschachtel in ihre Ecke auf dem Brett zurückzustellen. Es waren immer Zündhölzer hier – auf seinen besonderen Befehl. Längst schon hatte er dem Steward seine diesbezügliche Anordnung eingeschärft. »Eine Schachtel ... gerade hierher, sehen Sie? Nicht so sehr voll ... wo ich sie mit der Hand erreichen kann, Steward. Könnte einmal ganz schnell Licht brauchen. An Bord eines Schiffes kann man nie wissen, was man schnell braucht. Also vergessen Sie es nicht in Zukunft!« Er seinerseits hatte die Schachtel jederzeit sorgfältig an ihren Ort zurückgestellt. Er tat es auch jetzt, aber ehe er die Hand zurückzog, kam ihm der Gedanke, dass er vielleicht nie wieder Gelegenheit haben würde, diese Schachtel zu benützen. Die Lebhaftigkeit dieses Gedankens erschreckte ihn, und für einen Bruchteil einer Sekunde schlossen sich seine Finger um den kleinen Gegenstand, als wäre er ein Symbol all jener kleinen Gewohnheiten, die uns an dies mühselige Dasein fesseln. Er ließ ihn endlich los, warf sich aufs Sofa und lauschte nach den ersten Tönen des wiederkehrenden Sturmes.

Noch war nichts zu vernehmen als das Rauschen des Wassers, das schwere Aufschlagen, die dumpfen Stöße der unruhigen Wogen, die sein Schiff von allen Seiten umringten. Ach, es würde nie mehr imstande sein, seine Decks vom Wasser zu befreien! Die Stille der Luft hatte etwas Beängstigendes und Aufregendes – es war dem Kapitän, als hinge ein Schwert an einem Haar über seinem Haupte. Durch diese unheimliche Pause erschütterte der Sturm die Schutzwehr, die dieser Mann um sein Herz gezogen hatte, entsiegelte er seine Lippen. In der Einsamkeit und tiefen Dunkelheit der Kabine sprach er, als rede er zu einem andern, einem in seiner Brust erwachten Wesen: »Ich möchte sie nicht gern verlieren.«

Da saß er, ungesehen, losgelöst gleichsam von der See, von seinem Schiffe, vereinsamt und wie entrückt dem gewöhnlichen Kreise seines Daseins, das für solchen Luxus, wie Selbstgespräche, absolut keinen Raum bot. Seine Handflächen auf den Knien, atmete er gesenkten Hauptes schwer, einem ungewohnten Gefühl von Ermattung nachgebend, das er in seiner Unerfahrenheit nicht als die Folge seelischer Anspannung zu erkennen vermochte.

Von seinem Sitze aus konnte er mit der Hand die Tür eines Waschtischschrankes erreichen. Dort musste ein Handtuch sein. Da war es auch. Gut … Er nahm es heraus, wischte sich das Gesicht ab und fing dann an, seinen nassen Kopf abzureiben. Mit großer Energie manipulierte er in der Dunkelheit und blieb dann regungslos mit dem Handtuch auf den Knien sitzen. Es war so still in dem Raume, dass niemand vermutet hätte, es sitze jemand darin. Dann wurde ein Murmeln hörbar: »Sie kann es doch noch überstehen.«

Als Kapitän Mac Whirr aufs Deck hinaustrat – was in Hast geschah, als sei er sich plötzlich bewusst geworden, zu lange weggeblieben zu sein – hatte die Windstille schon länger als eine Viertelstunde angehalten – lange genug, um auch seiner Fantasie unerträglich zu erscheinen. Jukes, der regungslos auf dem vorderen Teile der Brücke stand, öffnete sofort den Mund, doch seine Stimme klang ausdruckslos und gezwungen, als ob er mit fest zusammengebissenen Zähnen spräche, und schien sich nach allen Seiten hin in die Finsternis zu verlieren und erst von der See her lauter zurückzukommen.

»Ich musste Hackett ablösen lassen«, berichtete er. »Er fing an zu schreien, er sei am Ende. Drinnen liegt er mit einem Gesicht wie der Tod. Zuerst konnte ich niemand dazu bewegen, den armen Teufel abzulösen. Der Bootsmann ist zu weniger als nichts zu gebrauchen; ich hab's ja immer gesagt. Ich dachte schon, ich müsse selbst gehen und einen beim Kragen herausholen.«

»Ah, so«, murmelte der Kapitän, der aufmerksam beobachtend neben Jukes stand.

»Der zweite Steuermann ist auch drinnen und hält sich den Kopf. Ist er verwundet, Herr Kapitän?«

»Nein – verrückt«, antwortete Kapitän Mac Whirr kurz.

»Es sieht aber aus, als habe er einen Schlag bekommen.«

»Ich war genötigt, ihm eins zu versetzen«, erklärte der Kapitän. Jukes seufzte ungeduldig.

»Es wird sehr plötzlich kommen«, bemerkte jetzt der Kapitän, »und von dort drüben, denke ich. Doch das weiß Gott allein. Diese Bücher können nichts als einem den Kopf verdrehen und einen ängstigen. Schlimm genug wird's werden, soviel ist sicher. Wenn es uns nur gelingt, zur rechten Zeit gegen den Sturm zu drehen.«

Eine Minute verging. Einige Sterne funkelten unruhig und verschwanden dann vollständig.

»Sie haben sie in leidlicher Sicherheit verlassen?«, fragte der Kapitän plötzlich, als sei ihm das Schweigen unerträglich.

»Meinen Sie die Kulis, Herr Kapitän? Ich habe Rückenpaarden über das ganze Zwischendeck gezogen.«

»So? Ein guter Gedanke, Jukes.«

»Ich dachte nicht, ... dass Ihnen ... etwas daran liege ... zu hören ...« – das Schlingern des Schiffes zerschnitt seine Rede, als ob ihn jemand herumgedreht hätte, während er sprach – »wie ich mit der ... verdammten Geschichte ... fertig geworden bin. Schließlich ist aber doch wohl alles wurst.«

»Mussten an ihnen tun, was recht ist, wenn es auch nur Chinesen sind. Das Schiff ist noch nicht verloren. Sie haben ihr Leben gerade so lieb wie wir das unsere. Schlimm genug, während eines Sturmes da unten eingeschlossen zu sein –«

»Das dachte ich gerade, als Sie mich hinunterschickten«, unterbrach ihn Jukes mürrisch.

»– auch ohne in Stücke gehauen zu werden«, fuhr Kapitän Mac Whirr mit steigender Heftigkeit fort. »Könnte so etwas auf meinem Schiff nicht dulden, selbst wenn ich wüsste, dass es nur noch fünf Minuten zu leben haben würde. Könnte es nicht dulden, Herr Jukes.«

Ein hohl klingender Lärm, wie von einem in einer Felsenkluft widerhallenden Geschrei, näherte sich dem Schiff und verlor sich wieder. Der letzte Stern flackerte unruhig und dehnte sich aus, als wolle er sich wieder in den feurigen Nebel seines Ursprungs auflösen. Dann erlosch er. Dicke Finsternis bedeckte das Schiff.

»Jetzt also!«, murmelte Kapitän Mac Whirr. »Herr Jukes!«

»Hier, Herr Kapitän!«

Die beiden Männer konnten sich nicht mehr deutlich sehen.

»Wir müssen der Nan-Shan vertrauen, dass sie hindurchgeht und auf der andern Seite wieder herauskommt. Das ist klar und einfach, und Kapitän Wilsons Sturmstrategie hat nichts damit zu tun.«

»Nein, Herr Kapitän!«

»Sie wird nun wieder stundenlang herumgeworfen und -gepeitscht werden«, murmelte der Kapitän. »Die See findet jetzt nicht mehr viel auf Deck zu holen außer Ihnen oder mir.«

»Uns beide, Herr Kapitän.«

»Immer der alte Unglücksrabe, Jukes«, erwiderte ihm der Kapitän, »obwohl es Tatsache ist, dass der zweite Steuermann nichts taugt. Hören Sie mich, Herr Jukes? Sie würden also allein bleiben, wenn ...« Kapitän Mac Whirr unterbrach sich. Jukes blickte nach allen Seiten umher und schwieg.

»Lassen Sie sich durch nichts aus der Fassung bringen«, fuhr der Kapitän hastig murmelnd fort. »Halten Sie direkt auf den Sturm zu. Die Leute mögen sagen, was sie wollen, aber die schwersten Seen laufen mit dem Wind. Gerad drauflos – immer drauflos – das ist der Weg, um durchzukommen. Mehr kann niemand tun. Halten Sie sich den Kopf kühl!«

»Ja, Herr Kapitän«, sagte Jukes, und sein Herz klopfte rascher.

Gleich darauf sprach der Kapitän in den Maschinenraum hinunter und erhielt Antwort. Wie es wohl kam? Jukes empfand ein Wachsen seines Selbstvertrauens, eine Stärkung seiner Zuversicht. Diese Empfindung war ihm von außen gekommen, wie ein warmer Hauch hatte es ihn angeweht; er glaubte sich allen Ansprüchen gewachsen. Aus der Dunkelheit drang das ferne Grollen des Sturmes an sein Ohr. Es vermochte nicht, ihn zu ängstigen, so wenig ein Mann in einem Panzerhemd die Spitze des Speeres fürchtet.

Ohne Unterbrechung kämpfte die Nan-Shan gegen die schwarzen Wasserberge – sie kämpfte um ihr Leben. Sie erdröhnte in ihren Tiefen und sandte eine weiße Dampfwolke in die Nacht hinaus, und Jukes' Gedanken flogen wie ein Vogel durch den Maschinenraum, wo Herr Rout – der Treffliche – treue Wache hielt. Als das Dröhnen aufhörte, schien es Jukes, als sei eine allgemeine Pause eingetreten – eine tödliche Stille, in der Kapitän Mac Whirrs Stimme überraschend, ja erschreckend klang.

»Was ist das? Ein Windstoß?« – Die Stimme sprach viel lauter, als Jukes sie je gehört. – »Am Bug. Das ist recht. Nun kann sie doch noch durchkommen.«

Der Sturm rückte rasch näher. Man unterschied zunächst ein schläfrig erwachendes Klagen und weiterhin das Anschwellen eines vielfachen Getöses, das, immer stärker werdend, näher und näher kam. Es war, als würden viele Trommeln gerührt oder als hörte man den

Lärm eines anmarschierenden Heeres. Jukes konnte seinen Kapitän nicht mehr sehen – die Finsternis häufte sich förmlich auf das Schiff.

Kapitän Mac Whirr versuchte mit ungewöhnlicher Hast den obersten Knopf seines Ölrockes zuzumachen. Der Sturm, der die Macht hat, Meere aufzuwühlen, Schiffe zu versenken, Bäume zu entwurzeln, starke Mauern umzustürzen und die Vögel in der Luft zu Boden zu schmettern, war auf seinem Wege auf diesen schweigsamen Mann gestoßen und hatte ihm mit Aufbietung all seiner Kraft einige wenige Worte ausgepresst. Ehe sich der Sturm mit erneuter Gewalt auf die Nan-Shan stürzte, entrangen sich dem Munde des Kapitäns Mac Whirr die im Tone der Betrübnis gesprochenen Worte: »Ich möchte sie nicht gern verlieren.«

Dieser Schmerz wurde ihm erspart.

6.

An einem hellen, sonnigen Tage fuhr die Nan-Shan in den Hafen von Futschou ein. Ein leichter Wind trieb ihren Rauch weit voraus. Ihre Ankunft wurde an der Küste sofort bemerkt, und die Seeleute im Hafen riefen einander zu: »Seht! Seht den Dampfer! Was für eine Flagge ist das? Siamesisch – nicht wahr? Seht ihn nur einmal an!«

Das Schiff schien in der Tat als laufende Zielscheibe für die kleineren Geschütze eines Kreuzers gedient zu haben. Ein Hagel von Geschossen hätte seinen oberen Teil nicht übler zurichten können: Es sah so heruntergekommen und verwüstet aus, als käme es vom äußersten Ende der Welt – und das mit gutem Grunde, denn auf seiner kurzen Fahrt war es in der Tat sehr weit gekommen, hatte die Grenzen des großen Jenseits gesehen, von wo nie ein Schiff zurückkehrt, um seine Bemannung dem Staube der Erde zu übergeben. Eine graue Salzkruste bedeckte die Nan-Shan bis hinauf zu den Knöpfen der Masten und dem oberen Rande des Schornsteins, als ob (wie ein witziger Seemann sagte) die Leute an Bord sie irgendwo vom Grunde des Meeres aufgefischt und um des Bergegeldes willen hergebracht hätten. Und in der Freude über seinen guten Witz fügte er hinzu, er biete fünf Pfund Sterling für sie – »wie sie da liegt«.

Die Nan-Shan hatte noch keine Stunde lang im Hafen gelegen, als ein magerer, kleiner Mann mit roter Nasenspitze und einem verbissenen Gesichte ans Land ging und sich noch einmal zurückwandte, um ingrimmig die Faust gegen das Schiff zu schütteln. Ein großgewachsener Kerl mit wässrigen Augen und für seinen rundlichen Oberkörper viel zu dünnen Beinen machte sich an ihn heran und bemerkte: »Eben das Schiff verlassen – he? Hat wohl pressiert?«

Er trug einen schmierigen Anzug von blauem Flanell und ein Paar schmutzige Segeltuchschuhe; ein graubrauner Schnurrbart hing von seinen Lippen herab, und zwischen dem Rand und dem Kopf seines Hutes schien das Tageslicht an zwei Stellen hindurch.

»Hallo! Was machst du hier?«, fragte der Ex-Steuermann der Nan-Shan, einen hastigen Händedruck mit dem Manne wechselnd.

»Bin einem Geschäft zulieb unterwegs – hat mir einer was verraten – 's soll der Mühe wert sein«, erklärte der Mann mit dem zerrissenen Hute in abgebrochenen, keuchenden Lauten. Der zweite Steuermann ballte noch einmal die Faust gegen die Nan-Shan. »Ein Kerl ist da drüben, der nicht einmal verdient, dass man ihm das Kommando eines Fährbootes gibt!«, sagte er, vor Zorn bebend, während der andre gleichgültig umhersah.

»So?«

Jetzt bemerkte er auf dem Kai eine schwere, braun angestrichene Seemannskiste unter einem abgenützten Überzug von Segeltuch und mit einer neuen, starken Schnur umwunden. Er betrachtete sie mit lebhaftem Interesse.

»Ich würde nicht schweigen«, fuhr der Ankömmling fort, »wenn die verdammte siamesische Flagge nicht wäre. Aber an wen soll man sich da wenden – ich wollt' ihm sonst schon heiß machen. Solche Falschheit! Sagt zu seinem ersten Ingenieur – der ein ebenso großer Narr ist wie er selbst – ich hätte den Verstand verloren! Ein größerer Haufen unwissender Narren ist nie auf einem Schiff beisammen gewesen. Nein! Du kannst dir nicht denken ...«

»Hast doch dein Geld richtig gekriegt?«, fragte sein schäbiger Bekannter plötzlich.

»Ja. Hat mich sofort abgelohnt«, berichtete der Steuermann wütend. »›Suchen Sie sich Ihr Frühstück am Lande‹, hat er gesagt.«

»Gemeiner Hund«, bemerkte der andre apathisch und leckte seine Lippen. »Was meinst du, wollen wir nicht eins trinken?«

»Er hat mich geschlagen!«, zischte der zweite Steuermann.

»Was? Geschlagen? Nicht möglich!« Der Mann in blauem Flanell bewegte sich teilnehmend um ihn. »Hier kann man unmöglich reden. Du musst mir alles erzählen. Geschlagen? – Wie? – Halt – der Bursche dort könnte deine Kiste tragen. Ich weiß eine ruhige Ecke, wo es gutes Flaschenbier gibt ...«

Jukes, der die Küste mit dem Fernglase absuchte, erzählte dem ersten Ingenieur später, dass »unser ehemaliger zweiter Steuermann« nicht lange gebraucht habe, um einen Freund zu finden.

Das Klopfen und Hämmern, das die notwendigen Wiederherstellungsarbeiten mit sich brachten, hatte nichts Störendes für Mac Whirr, ja, der Steward fand in dem Briefe, den der Kapitän in dem wieder wohlgeordneten Kartenhause schrieb, Stellen von solchem Interesse, dass er zweimal beinahe bei der Lektüre überrascht worden wäre. Allein Frau Mac Whirr in ihrem Salon des Vierzig-Pfund-Sterling-Hauses unterdrückte ein Gähnen beim Lesen – vielleicht aus Selbstachtung, denn sie war allein.

Sie lehnte sich nachlässig zurück in ihren plüschbezogenen, vergoldeten Schaukelstuhl vor dem mit Porzellanplatten verkleideten Kamine, dessen Sims japanische Fächer zierten, während ein behagliches Kohlenfeuer hinter seinem Roste brannte. Sie erhob die Hände mit dem Briefe und blätterte gelangweilt in seinen zahllosen Seiten. Was konnte sie dafür, dass deren Inhalt so prosaisch war, so höchst uninteressant, von dem Anfange: »Geliebtes Weib!« bis zu dem »Dein Dich liebender Gatte!« am Schluss. Man konnte wahrhaftig nicht von ihr verlangen, dass sie all diese Schiffsangelegenheiten verstand. Sie war ja natürlich froh, von ihm zu hören, ohne sich je eigentlich die Frage vorgelegt zu haben, warum.

»Man nennt diese Art von Sturm Taifun ... der erste Steuermann wollte nicht recht dran ... nicht in Büchern ... konnte es unmöglich dulden ...«

Das Papier raschelte energisch. »... Eine Windstille, die über zwanzig Minuten anhielt«, las sie zerstreut; und die nächsten Worte, denen ihre gedankenlosen Blicke an der Spitze einer neuen Seite begegneten, lauteten: »Dich und die Kinder wieder zu sehen ...« Sie machte eine ungeduldige Bewegung. Immer dachte er daran, nach Hause zu kommen. Noch nie hatte er ein so hohes Gehalt gehabt. Was wollte er eigentlich? Es fiel ihr nicht ein, das Blatt noch einmal umzuwenden und nachzusehen. Sie würde sonst gefunden haben, dass zwischen vier und sechs Uhr morgens am fünfundzwanzigsten Dezember Kapitän Mac Whirr tatsächlich geglaubt hatte, sein Schiff könne unmöglich noch eine Stunde lang in einem solchen Sturme aushalten, und er würde sein Weib und seine Kinder nie wieder sehen. Niemand sollte dies je erfahren (seine Briefe wurden so schnell verlegt) – niemand außer dem Steward, auf den diese Enthüllung tiefen Eindruck machte – so tiefen, dass er versuchte, dem Koch eine Vorstellung von der großen Gefahr beizubringen, »in der wir alle geschwebt«, indem er feierlich versicherte: »Der Alte selbst hatte verdammt wenig Hoffnung auf unsre Rettung.«

»Wie wollen Sie das wissen?«, fragte der Koch, ein alter Soldat, geringschätzig. »Hat er es Ihnen am Ende gar gesagt?«

»Nun, er hat mir wenigstens eine dahingehende Andeutung gemacht«, antwortete der Steward mit dreister Stirne.

»O hören Sie auf! Nächstens wird er auch noch zu mir kommen, um es mir zu sagen«, höhnte der alte Koch. –

Frau Mac Whirrs Blicke flogen suchend weiter.

»... musste tun, was recht ist ... elende Geschöpfe ... Nur drei haben ein Bein gebrochen, und einer ... dachte, es sei besser, keinen Lärm zu machen ... hoffe, das Rechte getan zu haben ...«

Sie ließ die Hände sinken. Nein, er schrieb nichts mehr vom Heimkommen. Hatte, wie es schien, nur einen frommen Wunsch ausgesprochen. Frau Mac Whirr hatte ihre Gemütsruhe wiedergewonnen. Wie fein und behaglich die schwarze Alabasteruhr tickte; der Juwelier hatte sie auf drei Pfund achtzehn Schilling und sechs Pence geschätzt.

Die Tür flog auf und ein Mädchen in der Periode der langen Beine und kurzen Kleider stürzte ins Zimmer. Ihr farbloses, etwas spärliches Haar hing lang über ihre Schultern herab. Als sie ihre Mutter mit dem Briefe in der Hand erblickte, blieb sie stehen und richtete ihre wasserblauen Augen neugierig auf das Schreiben.

»Vom Vater«, murmelte Frau Mac Whirr. »Wo hast du dein Band hingebracht?«

Das Mädchen griff mit den Händen nach dem Kopfe und warf die Lippen auf.

»Er ist wohl«, fuhr Frau Mac Whirr in gleichgültigem Tone fort. »Ich denke es wenigstens; sagen tut er es ja nie.« Dabei lachte sie ein wenig. Das Gesicht des Mädchens aber drückte gleichgültige Zerstreutheit aus. Ihre Mutter betrachtete sie mit liebevollem Stolze.

»Geh' und hol' deinen Hut«, sagte sie nach einer Weile. »Ich muss ausgehen und einige Einkäufe machen. Bei Linoms ist eine Versteigerung.«

»Oh, das ist fein!«, rief das Kind mit einer Lebhaftigkeit, die man nicht hinter ihm gesucht hätte, und eilte aus dem Zimmer. –

Es war ein regenloser Nachmittag, der Himmel grau und die Gehsteige trocken. Vor dem Laden des Modisten begrüßte Frau Mac Whirr eine stattliche Frau in einem reich mit Schmelz und Perlen besetzten schwarzen Mantel und mit einem blumengeschmückten Hute über dem gelben, ältlichen Gesichte. Die beiden wechselten einen Strom lebhafter Begrüßungen und Ausrufe und überstürzten sich darin, als ob die Straße sich im nächsten Augenblick auftun und das ganze Vergnügen verschlingen könnte, ehe sie Zeit gefunden, es zu genießen.

Die hohe Ladentür hinter ihnen musste halb offen stehen bleiben; der Verkehr war gesperrt; einige Herren standen geduldig wartend da, während Lydia in die nützliche Beschäftigung vertieft war, das Ende ihres Schirmes zwischen die Steinplatten zu bohren. Frau Mac Whirr sprach hastig.

»Danke schön. Er kommt noch nicht nach Hause. Es ist natürlich sehr traurig, ihn nicht hier zu haben, aber es ist doch ein großer Trost, ihn so wohl zu wissen.« Frau Mac Whirr holte Atem. »Das Klima dort bekommt ihm sehr gut«, fügte sie strahlend hinzu, als ob der arme Mac Whirr seiner Gesundheit wegen China bereiste. –

Der erste Ingenieur wollte auch nicht sofort nach Hause kommen. Herr Rout wusste den Wert eines vorteilhaften Kontraktes zu gut zu würdigen.

»Salomon sagt, es gebe auch heutzutage noch Wunder«, rief Frau Rout vergnügt der alten Dame im Lehnstuhl am Kamine zu. Herrn Routs Mutter, deren welke Hände in schwarzen Halbhandschuhen auf ihrem Schoße lagen, rührte sich ein wenig.

Die Augen der jüngeren Frau tanzten geradezu über das Papier. »Der Kapitän seines Schiffes – ein etwas beschränkter Kopf, wie du dich erinnern wirst, Mutter – hat etwas sehr Gescheites getan, sagt Salomon.«

»Ja, meine Liebe«, antwortete die alte Dame sanft. Sie hatte das Silberhaupt geneigt und ihr Gesicht zeigte jenen Ausdruck innerlichen Schweigens, wie er sehr alten Leuten eigen ist, die in die Betrachtung der letzten flackernden Regungen des Lebens vertieft zu sein scheinen. »Ich glaube, mich zu erinnern.«

Salomon Rout, der alte Sal, Vater Sal, der Chef, Rout – der tüchtige Mann – Herr Rout, der väterliche Freund der Jugend, war das jüngste ihrer vielen, jetzt außer ihm sämtlich verstorbenen Kinder. Sie konnte sich ihn am besten denken, wie er als Knabe von zehn Jahren gewesen – lange ehe er fortging, um seine Lehrzeit in irgendeinem großen Maschinenwerke des Nordens durchzumachen. Sie hatte seitdem so wenig von ihm gesehen und hatte so viele Jahre durchlebt, dass sie jetzt sehr weit zurückgehen musste, um ihn durch den Nebel der Zeit deutlich zu erkennen. Manchmal kam es ihr vor, als spreche ihre Schwiegertochter von irgendeinem fremden Manne. Frau Rout jun. war enttäuscht. »Hm! Hm!« Sie wandte das Blatt um. »Wie schade! Er sagt nicht, was es war. Sagt, ich könnte doch nicht verstehen, was es heißen will. So etwas! Was könnte denn so schwer daran zu verstehen sein? Was für ein böser Mann, dass er uns nicht mehr sagt!«

Sie las ohne weitere Bemerkung mit ernster Miene weiter und blieb endlich in Nachdenken versunken sitzen. Herr Rout hatte nur ein oder zwei Worte über den Taifun geschrieben, hatte sich aber veranlasst gefühlt, eine vermehrte Sehnsucht nach dem Zusammensein mit seiner Frau auszusprechen. »Wäre es nicht, dass du die Mutter nicht allein lassen darfst, ich würde dir heute noch das Geld zur Reise schicken. Du könntest dir hier ein kleines Haus einrichten, und ich hätte dann doch die Möglichkeit, dich öfter zu sehen. Wir werden ja nicht jünger ...«

»Er ist wohl, Mutter«, seufzte Frau Rout, sich aufraffend.

»Er ist immer ein gesunder, kräftiger Knabe gewesen«, sagte die alte Frau ruhig. –

Steuermann Jukes' Schilderung seiner Erlebnisse war höchst lebendig und ausführlich. Sein Freund, der auf dem Atlantischen Ozean fuhr, teilte seinen Brief mit Behagen den Kameraden an Bord mit. »Ein Bekannter schreibt mir über eine merkwürdige Geschichte, die an Bord seines Schiffes während jenes Taifuns passiert ist, von dem wir vor zwei Monaten in den Zeitungen gelesen haben. Eine kostbare Geschichte! Lesen Sie nur selbst, was er schreibt! Da ist sein Brief.«

Die Epistel enthielt Sätze, die berechnet waren, dem Leser den Eindruck kühnen, unerschütterlichen Mutes zu machen. Jukes hatte sie in gutem Glauben geschrieben; denn während er schrieb, hatte er so und nicht anders empfunden. Er malte die Vorgänge im Zwischendeck in gespenstischer Beleuchtung und schloss seine Erzählung wie folgt: »Plötzlich kam mir der Gedanke, dass diese verdammten Chinesen nicht wissen konnten, ob wir nicht eine Art tollkühner Räuberbande seien. Es ist nicht gut getan, dem Chinesen sein Geld zu nehmen, wenn er der stärkere Teil ist. Wir hätten allerdings toll sein müssen, um in einem solchen Sturme auf Raub auszugehen; aber was wussten diese armen Teufel von uns? Also bedachte ich mich nicht zweimal, sondern kommandierte die Matrosen so schnell als möglich hinaus. Unsere Aufgabe war gelöst, der Wunsch des Alten erfüllt. Wir machten uns davon, ohne uns zu erkundigen, wie sie sich fühlten. Ich bin überzeugt, sie hätten uns in Stücke zerrissen, wären sie nicht so unbarmherzig zusammengerüttelt gewesen und hätten sie sich nicht, einer wie der andre, so sehr gefürchtet. O, es hätte nicht viel gefehlt, das kann ich dir sagen, und du kannst dein Leben lang auf dem großen Teiche, den man das Atlantische Meer nennt, hin und her fahren, ohne dass du dich solch einem Auftrage gegenübersiehst.«

Es folgten nun einige fachmännische Mitteilungen über die Beschädigungen, die das Schiff erlitten hatte, dann hieß es weiter:

»Als der Sturm sich gelegt hatte, befanden wir uns in einer bedenklichen Lage, zu deren Verbesserung der Umstand, dass wir kürzlich zur siamesischen Flagge übergegangen waren, durchaus nicht beitrug, wenn auch der Kapitän nicht begreifen kann, dass darauf irgendetwas ankommt – ›so lange *wir* an Bord sind‹ – wie er sagt. Es gibt Empfindungen, die dieser Mann einfach nicht kennt – da ist nun einmal nichts zu machen. Man könnte ebenso gut versuchen, sie einem Bettpfosten begreiflich zu machen. Abgesehen von subjektiven Empfindungen aber ist ein Schiff in einer verdammt verlassenen Lage, wenn es ohne richtige Konsuln, ohne irgendjemand, an den man sich in der Not wenden kann, ja selbst ohne irgendwo ein eigenes Kanonenboot zu besitzen, auf den chinesischen Meeren herumfährt. Wäre es nach mir gegangen, so hätte man die Kulis noch ungefähr fünfzehn Stunden länger im Zwischendeck gelassen, da wir nicht mehr viel weiter von Futschou entfernt waren. Dort hätte man jedenfalls irgendein Kriegsschiff gefunden, dessen Kanonen uns genügend Sicherheit gewährt hätten; denn jeder Kapitän eines Kriegsschiffes – ob englisch, französisch oder holländisch – würde sich in einer derartigen Angelegenheit auf die Seite der Weißen stellen. Der Chinesen und ihres Geldes hätten wir uns dann entledigt, indem wir sie ihrem Mandarin oder Taotai übergeben hätten, oder wie man diese Kerle heißt, die sich in Sänften in ihren stinkenden Straßen herumtragen lassen. Dem alten Manne aber wollte das nicht einleuchten. Er wollte kein Aufhebens von der Sache gemacht haben. Das hatte er sich einmal in den Kopf gesetzt, und keine Dampfwinde hätte es wieder herausgebracht. Er wollte so wenig als möglich von der Sache geredet wissen, um dem Schiffe keinen üblen Namen zu machen und um seiner Eigentümer willen – ›um aller Beteiligten willen‹, sagte er und sah mich streng an. Es machte mich wütend. Es war ja unmöglich, eine Sache, wie diese, geheimzuhalten. Anderseits waren die Kisten der Chinesen auf die übliche Art verwahrt gewesen, wie es für jeden gewöhnlichen, natürlichen Sturm genügt hätte, während bei diesem alle Mächte der Hölle sich verschworen zu haben schienen. Du kannst dir unmöglich einen Begriff davon machen.

Inzwischen konnte ich mich kaum mehr auf den Füßen halten. Niemand von uns war während der letzten dreißig Stunden irgendwie abgelöst worden, und da saß der alte Mann, rieb sich das Kinn, rieb sich den Kopf und sinnierte, ohne auch nur daran zu denken, seine langen Stiefel auszuziehen.

›Herr Kapitän‹, sage ich, ›Sie lassen sie doch hoffentlich nicht eher auf Deck kommen, als bis wir einigermaßen wissen, wie wir ihnen begegnen sollen.‹ Wohlverstanden, nicht, als ob ich es für leicht gehalten hätte, über die Bande Herr zu werden, falls sie etwas im Schilde geführt hätte. Der Aufstand einer Ladung Kulis ist kein Kinderspiel. Ich war auch furchtbar müde. ›Ich wäre froh‹, sag' ich, ›wenn Sie uns erlaubten, ihnen den ganzen Haufen Dollar hinunterzuwerfen, damit sie die Sache unter sich ausfechten, während wir uns ausruhen.‹

›Das ist sehr unbesonnen geredet, Herr Jukes‹, sagt er und erhebt die Augen zu mir in seiner langsamen, langweiligen Art, die ich nun einmal nicht leiden kann. ›Wir müssen etwas ausdenken, wodurch wir allen Beteiligten gerecht werden.‹

Wie du dir denken kannst, hatte ich alle Hände voll zu tun. Ich stellte also meine Leute an und dachte dann, ich wollte mich ein wenig zurückziehen. Aber ich hatte noch keine zehn Minuten geschlafen, als der Steward zu mir hineinstürzte und mich an den Beinen zog. ›Um Gottes willen, Herr Jukes, kommen Sie! Kommen Sie schnell auf Deck, Herr! O bitte, kommen Sie!‹

Der Bursche erschreckte mich zu Tode. Ich wusste nicht, was geschehen war: hatte der Sturm sich wieder erhoben – oder was sonst. Ich konnte keinen Wind hören. ›Der Kapitän lässt sie heraus! O, er lässt sie heraus! Laufen Sie schnell auf Deck, Herr, und retten Sie uns! Der erste Ingenieur ist eben hinuntergelaufen, um seinen Revolver zu holen.‹

So verstand ich den Mann wenigstens. Vater Rout schwört indessen, dass er nur gegangen sei, sich ein reines Taschentuch zu holen. Wie dem auch sein mag, ich fuhr mit einem Satz in die Hosen und stürzte nach dem Hinterdeck. Auf dem vorderen Teile der Brücke herrschte allerdings Lärm genug. Auf dem Hinterdeck aber waren vier Matrosen und der Bootsmann beschäftigt. Ich händigte ihnen rasch ein paar Pistolen ein, wie sie alle Schiffe an der chinesischen Küste in der Kajüte mit sich führen, und eilte mit ihnen auf die Brücke. Unterwegs rannte ich an den alten Sal an, der an einer unangezündeten Zigarre sog und mich verwundert ansah. ›Kommen Sie!‹, schrie ich ihm zu.

So stürmten wir sieben Mann hoch zum Kartenhaus hinan. Doch alles war schon vorüber. Da stand der Alte noch immer in den bis zu den Hüften reichenden Wasserstiefeln und in Hemdsärmeln – war ihm vermutlich warm geworden über dem Ausdenken. Bun Hins kleiner Schreiber stand neben ihm, so schmutzig wie ein Schornsteinfeger und noch grasgrün im Gesicht. Ich konnte sofort sehen, dass ich das Missfallen meines Gebieters erregt habe.

›Was zum Teufel sind das für Affenstreiche, Herr Jukes?‹, fragte der alte Mann. Er war so erzürnt, wie er nur überhaupt sein kann. Ich sage dir, ich war keines Wortes mächtig. ›Um Gottes willen, Herr Jukes‹, fuhr er fort, ›nehmen Sie den Leuten die Pistolen ab, ehe jemand verletzt wird. Hol’ mich der Henker, wenn es auf diesem Schiff nicht schlimmer zugeht als in einem Narrenhause. Passen Sie auf jetzt! Sie sollen mir und Bun Hins Schreiber helfen, das Geld da zu zählen. Vielleicht sind Sie auch so gut, mit Hand anzulegen, Herr Rout, da Sie einmal da sind. Je mehr wir unser sind, desto besser.‹

Er hatte sich alles zurechtgelegt, während ich geschlafen hatte. Wären wir auf einem englischen Schiff gewesen oder hätten wir auch nur mit unsrer Ladung von Kulis einen englischen Hafen, wie Hongkong zum Beispiel, angelaufen, so hätte es Untersuchungen und Belästigungen ohne Ende gegeben – Entschädigungsansprüche und so weiter. Aber diese Chinesen kennen ihre Beamten besser als wir.

Die Kulis waren schon aus dem Zwischendeck befreit worden und befanden sich bereits alle auf Deck, nachdem sie eine Nacht und einen Tag unten zugebracht hatten. Es war ein eigentümlicher Anblick – diese vielen hageren, wilden Gesichter. Die armen Kerle glotzten umher, zum Himmel hinauf und aufs Meer hinaus, aufs Schiff – als hätten sie erwartet, die ganze Geschichte sei in Stücke geweht worden. Kein Wunder auch! Sie hatten so Furchtbares durchgemacht, dass einem weißen Manne darüber die Seele aus dem Leibe gefahren sein würde. Aber man sagt ja, der Chinese habe keine Seele. Jedenfalls hat er etwas verteufelt Zähes an sich. Da war zum Beispiel unter den Schwerverletzten ein Bursche, dem das eine Auge um ein Haar ausgeschlagen worden wäre. Es stand ihm so groß wie ein halbes Hühnerei aus dem Kopfe heraus. Einen Weißen würde so etwas auf vier Wochen ans Bett gefesselt haben, und da war dieser Bursche mitten im Gedränge, sich mit den Ellbogen Platz verschaffend und mit den andern schwatzend, als ob nichts geschehen wäre! Sie unterhielten sich mit großem Geräusch, sobald aber der Alte seinen kahlen Kopf auf der Vorderseite der Brücke sehen ließ, hörten sie auf zu räsonieren und sahen ihn von unten herauf aufmerksam an.

Es scheint, dass der Kapitän, nachdem er seinen Plan gemacht hatte, den chinesischen Schreiber hinunterschickte, um seinen Landsleuten zu erklären, auf welche Weise allein sie ihr Geld zurückbekommen könnten. Er setzte mir später auseinander, dass, da alle Kulis am gleichen Orte und gleich lange gearbeitet hatten, er ihnen allen am besten dadurch gerecht zu werden hoffte, dass er alles Geld, das wir aufgelesen, gleichmäßig unter sie teilte. Man hätte ja unmöglich den Dollar des einen von dem des andern unterscheiden können, sagte er, und wenn man jeden hätte fragen wollen, wie viel Geld er an Bord gebracht habe, so hätten sie wahrscheinlich gelogen und er hätte sich sehr im Nachteil befunden. Ich glaube, darin hatte er recht. Hätte er aber das Geld irgendeinem chinesischen Beamten gegeben, den er in Futschou hätte auftreiben können, so hätten die Kulis nicht mehr davon gesehen, meinte er, als wenn er es gleich in seiner eigenen Tasche hätte verschwinden lassen. Ich glaube, die Kulis dachten dasselbe.

Wir wurden vor Dunkelwerden mit der Verteilung fertig. Es war ein merkwürdiges Schauspiel: die hochgehende See, das einem Wrack ähnliche Schiff, die Chinesen, wie sie einer nach dem andern auf die Brücke wankten, um ihren Anteil in Empfang zu nehmen, und der Alte, noch in seinen Stiefeln und in Hemdsärmeln, geschäftig unter der Tür des Kartenhauses das Geld austeilend, während ihm der Schweiß von der Stirne rann – dann und wann Vater Rout und mir eine scharfe Rüge erteilend, wenn wir ihm nicht alles zu Dank machten. Denen, die nicht imstande waren, auf die Brücke zu kommen, brachte er ihren Anteil persönlich. Drei Dollar blieben übrig, von denen die drei am schwersten verwundeten Kulis je einen erhielten.

Später machten wir uns daran, die Haufen nasser Lumpen und aller Arten von Bruchstücken formloser Gegenstände, denen man keinen Namen zu geben wusste, aufs Deck hinauszuschaufeln, es den Kulis selbst überlassend, das Eigentumsrecht daran festzustellen.

So war allerdings alles Aufsehen vermieden und das Beste aller Beteiligten so viel als möglich gewahrt. Was sagst du dazu, alter Paketschifffritze? Der erste Ingenieur behauptet, dies sei wirklich das einzig Richtige gewesen. Der Kapitän sagte kürzlich zu mir: ›Es gibt Dinge, über die man in Büchern nichts finden kann.‹ Ich meine, für einen so beschränkten Mann hat er sich sehr gut aus der Sache gezogen.«

Amy Foster

Kennedy ist Landarzt und wohnt in Colebrook an der Küste von Eastbay. Die Anhöhe, die sich unmittelbar hinter den roten Dächern der kleinen Stadt erhebt, drängt die hübsche Hauptstraße gegen den gemauerten Wall, der sie gegen das Meer schützt. Jenseits des Mauerwalles dehnt sich in weitem, regelmäßigem Bogen der unfruchtbare, kiesbedeckte Strand, an dem sich das Dorf Brenzett dunkel gegen das Wasser abhebt, – ein Kirchturm in einem Haufen von Bäumen –, während noch weiter draußen die senkrechte Säule eines Leuchtturmes, in der Entfernung nicht größer als ein Bleistift aussehend, den äußersten noch sichtbaren Punkt des Landes bezeichnet. Das Land im Rücken Brenzetts ist niedrig und flach; doch ist die Bucht ziemlich gut gegen die Wogen geschützt, und gelegentlich macht auch ein größeres Schiff, von widrigen Winden aufgehalten oder vom Ungestüm der Wogen bedrängt, von dem Ankerplatze Gebrauch, der eine und eine halbe Meile in nördlicher Richtung von dem Gasthause zum »Schiff« in Brenzett entfernt liegt. Eine verfallene Windmühle, die in der Nähe ihre zerbrochenen Arme von einem Hügel erhebt, der nicht größer ist als ein Kehrichthaufen, und ein kurzer, dicker Martelloturm am Rande des Wassers, eine halbe Meile südlich von den Häuschen der Küstenwächter, sind den Führern kleinerer Fahrzeuge vertraute Dinge. Es sind dies die offiziellen Seezeichen für den Fleck zuverlässigen Grundes, der auf den Admiralitätskarten durch ein unregelmäßiges Oval von Punkten bezeichnet ist, mit einem winzigen Anker mitten darin und der Randschrift »Schlamm und Muscheln« um das Ganze.

Die Höhe des Hügellandes überragt den viereckigen Kirchturm von Colebrook. Der Abhang ist grün und von einer weißen Straße durchzogen. Steigt man diese Straße hinauf, so gewinnt man den Blick in ein breites und flaches Tal, eine weite grüne Mulde von Weideland und Hecken, die sich ins Binnenland erstreckt und in eine Fülle von purpurnen Schattierungen und ineinanderfließenden Linien ausläuft.

Über dieses Tal hinunter bis nach Brenzett und Colebrook und wieder hinauf bis Darnford, dem vierzehn Meilen entfernten Marktflecken, erstreckt sich die Praxis meines Freundes Kennedy. Er hatte seinen Beruf als Wundarzt in der Marine begonnen, war dann Begleiter eines berühmten Reisenden gewesen zur Zeit, wo es noch Kontinente mit unerforschtem Innern gab. Seine Veröffentlichungen über die ausländische Tier- und Pflanzenwelt machten ihm einen Namen in wissenschaftlichen Kreisen. Und jetzt hatte er eine Landpraxis inne aus eigener Wahl. Sein durchdringender Verstand hatte wie eine ätzende Flüssigkeit seinen Ehrgeiz zerstört – so erschien es mir wenigstens. Seine Begabung ist die echt wissenschaftliche, der das Forschen innerstes Bedürfnis ist und die in jedem Geheimnis der Natur ein Stück allgemeiner Wahrheit findet.

Es ist jetzt schon viele Jahre her, dass er mich bei meiner Rückkehr vom Ausland zu einem längeren Besuche einlud. Ich kam gerne, und da er seine Patienten nicht vernachlässigen konnte, um mir Gesellschaft zu leisten, so nahm er mich auf seine Rundfahrten mit – oft dreißig Meilen weit an einem Nachmittag. Ich erwartete ihn dann auf der Straße, indes das Pferd den Kopf nach den belaubten Zweigen streckte, und hoch oben auf dem Wagen sitzend, konnte ich gelegentlich Kennedys Lachen durch die halboffene Türe eines Hauses hören. Er hatte ein lautes, herzliches Lachen, das einem zweimal so großen Mann zu gehören schien, eine heitere, lebhafte Art, ein gebräuntes Gesicht und ein Paar graue, scharfblickende Augen. Er hatte die Gabe, die Leute zu offener Aussprache zu veranlassen, und hörte mit unermüdlicher Geduld ihre Geschichten an.

Eines Tages, als wir am Ausgange eines großen Dorfes in eine schattige Allee einbogen, erblickte ich zu unsrer Linken ein niedriges schwarzes Häuschen mit blitzenden Scheiben in den Fenstern, efeubewachsener Wand, einem kiesbedeckten Dache und einigen Kletterrosen an dem gebrechlichen Gitterwerke der kleinen Vorhalle. Kennedy ließ das Pferd langsamer gehen. Eine Frau, die im vollen Sonnenlichte stand, warf eben eine triefende Bettdecke über eine zwischen zwei alten Apfelbäumen gezogene Leine; und während der kurzgeschwänzte, langhalsige Braune eigensinnig nach der linken, mit einem dicken Hundslederhandschuh bedeckten Hand des Doktors stieß, rief dieser über die Hecke: »Wie geht's deinem Kind, Amy?«

Ich hatte Zeit, ihr stumpfes rotes Gesicht zu sehen. Es war rot, nicht von aufsteigender Röte, sondern als ob ihre flachen Wangen heftig geschlagen worden wären. Sie war von untersetzter Gestalt und trug das spärliche, staubig-braune Haar in einen festen Knoten am Hinterkopf zusammengedreht. Dabei sah sie ganz jung aus, und ihre Stimme klang leise und schüchtern.

»Gut; ich danke.«

Wir fuhren weiter. »Eine junge Patientin von dir?«, bemerkte ich, worauf der Doktor murmelte: »Ihren Mann habe ich behandelt.«

»Sie scheint ein langweiliges Geschöpf zu sein«, bemerkte ich gleichgültig.

»Ganz recht«, sagte Kennedy. »Sie ist eine sehr passive Natur. Es genügt, die roten Hände an diesen kurzen Armen hängen zu sehen und in diese ausdruckslosen, vorstehenden braunen Augen zu blicken, um die Trägheit und Schwerfälligkeit ihres Innenlebens zu erkennen, eine Schwerfälligkeit, die es für alle Zeiten vor allen Überrumpelungen der Einbildungskraft zu sichern scheint. Und doch, wer von uns ist dagegen gesichert? Jedenfalls hat sie, so wie du sie gesehen hast, Einbildungskraft genug gehabt, um sich zu verlieben. Sie ist die Tochter eines gewissen Isak Foster, der von einem kleinen Pächter zum Schafhirten herabgesunken ist. Der Anfang seines Missgeschicks datierte von seiner heimlichen Heirat mit der Köchin seines verwitweten Vaters – eines vermögenden, apoplektischen Viehzüchters, der ihn voll Zorn enterbte und heftige Drohungen gegen sein Leben ausstieß. Aber diese alte Geschichte, skandalös genug, um Gegenstand eines griechischen Trauerspieles zu sein, erwuchs aus der Gleichartigkeit der Charaktere von Vater und Sohn. Es gibt andre Trauerspiele, weniger skandalös und von feinerer Tragik, die aus unversöhnlichen Gegensätzen und aus jener Furcht vor dem Unverstandenen hervorgehen, das über uns allen schwebt – über uns allen ...«

Der müde Braune fiel in Schritt, und der Rand der Sonnenscheibe, die rot und voll an einem wolkenlosen Himmel stand, berührte vertraulich das obere Ende einer umgepflügten Bodenerhebung in der Nähe der Straße, wie ich ihn unzählige Mal den fernen Horizont des Meeres hatte berühren sehen. Die eintönige braune Farbe des aufgerissenen Feldes erglühte in rosigem Lichte, als ob die zerklüfteten Schollen in winzigen Blutperlen die Arbeit ungezählter Pflüger ausgeschwitzt hätten. Vom Rande eines Gehölzes her rollte ein mit zwei Pferden bespannter Wagen leicht auf dem Grate entlang und zeichnete sich, über die Horizontlinie hervorragend, in ungeheurer Größe auf der roten Sonnenscheibe ab, wie ein Wagen von Riesen, den zwei feierlich schreitende

Rosse von märchenhaften Größenverhältnissen zogen. Die plumpe Gestalt des zu Häupten des Sattelpferdes stapfenden Mannes stellte sich auf dem Hintergrunde der Unendlichkeit in reckenhaften Umrissen dar. Das Ende seiner Fuhrmannspeitsche zitterte hoch oben im Blau des Himmels. Kennedy sprach weiter: »Sie ist die Älteste einer großen Kinderschar. Als sie fünfzehn Jahre alt war, kam sie auf den Neubarnshof in Dienst. Damals behandelte ich Frau Smith, die Frau des Pächters, und sah das Mädchen dort zum ersten Male. Frau Smith, eine feine Dame mit einer scharfen Nase, ließ sie jeden Nachmittag ein gutes Kleid anziehen. Ich weiß nicht, warum sie mir überhaupt auffiel. Es gibt Gesichter, die durch einen seltsamen Mangel an Bestimmtheit der Züge und des Ausdrucks unsre Aufmerksamkeit auf sich ziehen, wie wir etwa, im Nebel gehend, aufmerksam auf irgendeine unbestimmte Form sehen, die schließlich nichts Merkwürdigeres ist als ein Anschlagpfosten. Das einzig Eigentümliche, das ich an ihr bemerkte, war eine Art von einleitendem Stottern, das mit dem ersten gesprochenen Wort verschwindet. Wenn sie unfreundlich angefahren wurde, war sie imstande, vollständig den Kopf zu verlieren; aber sie hatte ein sehr gutes Gemüt. Man hatte nie ein abfälliges Wort gegen irgendein menschliches Wesen aus ihrem Munde gehört, und jedes lebende Geschöpf durfte sich ihrer Fürsorge erfreuen. Sie war von großer Anhänglichkeit an Frau Smith, an Herrn Smith, an ihre Hunde, Katzen und Kanarienvögel, und Frau Smiths grauer Papagei übte mit seinen merkwürdigen Fähigkeiten einen förmlichen Zauber auf sie aus. Trotzdem lief sie, als dieser ausländische Vogel, von der Katze angegriffen, in menschlichen Lauten nach Hilfe schrie, mit zugehaltenen Ohren in den Hof hinaus und tat nichts, um das Unheil zu verhindern. Für Frau Smith war dies ein neuer Beweis ihrer Dummheit, über die sie oft seufzte, während andrerseits der Mangel an äußern Reizen bei Smiths bekanntem Leichtsinn ein großer Vorzug war. Ihre kurzsichtigen Augen konnten angesichts einer armen gefangenen Maus in Tränen schwimmen, und einmal hatten Knaben sie gesehen, wie sie im nassen Grase kniete, um einer Kröte Hilfe zu leisten. Wenn es wahr ist, was ein Deutscher gesagt hat, dass es ohne Phosphor kein Denken gibt, so ist es noch wahrer, dass ohne ein gewisses Maß von Einbildungskraft keine Herzensgüte denkbar ist. Das Mädchen hatte etwas Fantasie, mehr sogar, als man braucht, das Leiden andrer zu verstehen und von Mitleid bewegt zu werden.

Sie verliebte sich auch unter Umständen, die darüber keinen Zweifel lassen; denn man muss Einbildungskraft haben, um sich überhaupt einen Begriff von Schönheit zu bilden, und mehr noch, um sein Ideal in einer fremdartigen Gestalt zu entdecken.

Wie sie zu dieser Anlage kam und wodurch sie gefördert wurde, ist ein unergründliches Geheimnis. Sie war im Dorfe geboren und war nie weiter davon weggekommen als nach Colebrook oder vielleicht nach Darnford. Vier Jahre war es, dass sie bei Smiths diente. Neubarns ist ein einzeln liegender Pachthof, eine Meile von der Landstraße entfernt, und es genügte ihr vollkommen, Tag für Tag dieselben Felder, dieselben Bodenerhebungen und -senkungen, dieselben Bäume und Hecken zu sehen, dieselben Gesichter der vier Taglöhner des Gutes – Tag für Tag, Monat für Monat, Jahr für Jahr. Sie zeigte nie ein Bedürfnis nach Unterhaltung, und es schien mir, als verstehe sie nicht zu lächeln. Manchmal an Sonntagnachmittagen zog sie ihr bestes Kleid an, dazu ein Paar derbe Stiefel, setzte einen großen grauen Hut mit schwarzer Feder auf (ich habe sie selbst in diesem Staate gesehen), nahm einen auffallend dünnen Sonnenschirm in die Hand, kletterte über zwei Zäune und trappte über drei Felder und etwa zweihundert Meter Wegs entlang – nie weiter. Dort stand Fosters Häuschen. Sie half ihrer Mutter den jüngeren Geschwistern den Tee zu geben, spülte das Geschirr, küsste die Kleinen und ging auf den Pachthof zurück. Das war alles – alle Abwechselung, alles Ausruhen, alle Erholung. Sie schien nie nach anderm zu verlangen. Und dann verliebte sie sich – schweigend, eigensinnig – vielleicht hilflos. Es kam langsam, aber es wirkte wie ein mächtiger Zauber; ihre Liebe war von der Art, wie die Alten sie auffassten: ein unwiderstehlicher, verhängnisvoller Impuls – ein Besessensein! Ja, so war es: Ein Gesicht, ein Bild hatte sich ihrer bemächtigt, hatte Besitz ergriffen von ihrem Denken und Fühlen, dass sie davor anbetete, wie die Heiden unter einem schönen Himmel – bis sie endlich aufgeweckt wurde aus dieser geheimnisvollen Selbstvergessenheit, dieser Verzauberung, dieser Verzückung, durch eine Furcht, die der unerklärlichen Angst eines Tieres glich.«

Die Sonne stand tief am westlichen Himmel, und das weite, von den Grabenböschungen des ansteigenden Bodens umrahmte Wiesenland nahm einen düstern Glanz an. Ein Gefühl durchdringender Wehmut, wie wir es beim Anhören einer traurigen Melodie empfinden, schien von den abendlich stillen Feldern auszugehen. Die Menschen, an denen wir vorüberkamen, gingen langsam, ohne ein Lächeln, mit niedergeschlagenen Augen, als ob die Last des Erdenelendes ihre Füße niederzöge, ihre Schultern beugte und ihre Blicke am Boden festhielte.

»Ja«, sagte der Doktor auf meine Bemerkung hierüber, »man könnte denken, die Erde stehe unter einem Fluche, weil von all ihren Kindern die, welche in engster Berührung mit ihr leben, plump und roh von Gestalt sind und so schwerfällig von Gang, als ob ihr Gemüt mit Ketten belastet wäre. Und doch hättest du gerade auf diesem Wege mitten unter diesen schwerfälligen Menschen einen jungen Mann wandeln sehen können – biegsam, geschmeidig und feingliedrig, schlank und gerade wie eine Tanne, – der etwas Aufwärtsstrebendes in seiner Erscheinung hatte, als ob er ein leichtes, fröhliches Herz in sich trage. Vielleicht war es nur der Gegensatz, aber wenn er an einem der hiesigen Dorfbewohner vorüberging, schienen mir die Sohlen seiner Füße den Staub der Straße nicht zu berühren. Er sprang über die Zäune, schritt diese Anhöhen mit langen, elastischen Schritten hinan, an denen man ihn schon in großer Entfernung erkannte, und hatte glänzende schwarze Augen. Er war so verschieden von der gesamten Menschheit hier, dass er mich mit seiner Freiheit der Bewegung, seinem sanften, etwas verwunderten Blick, seinem olivenfarbigen Teint und seiner anmutigen Haltung an ein Geschöpf des Waldes erinnerte. Er kam von dort.«

Dabei deutete der Doktor mit seiner Peitsche abwärts, und von der Höhe des Hügels sahen wir tief unter uns, jenseits der wogenden Baumwipfel eines Parkes an der Seite der Straße die weite Meeresfläche sich dehnen, dem Fußboden eines ungeheuren Gebäudes vergleichbar, eingelegt mit Bändern aus dunklen, krausen Wellen und silbernen Streifen, und am Rande des Himmels in einem breiten Gürtel kristallenen Wassers endigend. Das leichte Rauchwölkchen eines unsichtbaren Dampfers verschwamm auf dem klaren Horizonte wie die Trübung des Hauches auf einem Spiegel. Nahe am Ufer tauchten die weißen Segel eines Küstenfahrers hell und klar über dem dunklen Laube der Bäume auf, deren Zweige sie zuerst gefangen gehalten zu haben schienen.

»Und hat hier Schiffbruch gelitten?«, fragte ich.

»Ja, er war ein Schiffbrüchiger, ein armer Auswanderer aus Mitteleuropa, der nach Amerika wollte und bei einem Sturm hier ans Land gespült wurde. Und für ihn, der nichts von der Welt wusste, war England ein unentdecktes Land. Es dauerte einige Zeit, ehe er nur dessen Namen erfuhr; und ich glaube, er hätte sich nicht gewundert, wilde Tiere oder wilde Menschen hier zu finden, als er im Dunklen über den Damm kroch und auf der andern Seite in einen Graben hinunterrollte, wo es abermals ein Wunder war, dass er nicht ertrank. Ohne zu sehen, wo er war, zappelte er wie ein Tier unter einem Netze und arbeitete sich schließlich aufs Feld hinaus. Er musste wirklich zäher sein, als er aussah, sonst hätte er solche Püffe, solch gewaltsame Anstrengungen und solche Herzensangst nicht überlebt. In seinem gebrochenen Englisch, das merkwürdige Ähnlichkeit mit dem Gestammel eines kleinen Kindes hatte, hat er mir später selbst erzählt, dass er seine Seele Gott befohlen habe, da er nicht glaubte, noch auf dieser Welt zu sein. Und wirklich, wie hätte er es wissen sollen? Auf allen vieren kämpfte er sich durch Regen und Sturm und kroch endlich unter einige Schafe, die sich im Schutze einer Hecke dicht zusammengekauert hatten. Blökend rannten sie in der Dunkelheit nach allen Richtungen davon, und freudig hieß er den ersten bekannten Laut an diesen Gestaden willkommen. Es muss etwa zwei Uhr nachts gewesen sein. Und das ist alles, was man von der Art seiner Landung weiß, obwohl er durchaus nicht ohne Begleitung ankam. Seine grauenvollen Genossen fingen nur erst später am Tage einzutreffen an ...«

Der Doktor zog mit einem Zungenschlag die Zügel an, und wir trabten den Hügel hinunter. Dann bogen wir scharf in die Hauptstraße ein, rasselten über das Pflaster und waren zu Hause.

Spät am Abend raffte sich Kennedy aus einem Anfall trüber Laune, der ihn befallen hatte, auf und nahm seine Geschichte wieder auf. Seine Pfeife rauchend, durchschritt er das lange Zimmer von einem Ende zum andern. Eine Studierlampe konzentrierte all ihr Licht auf die Papiere auf seinem Schreibpulte. Ich saß am offenen Fenster und genoss nach einem windstillen, glühendheißen Tage doppelt den kühlen Hauch der nebeligen See, die in regungslosem Glanze im hellen Mondscheine vor mir lag. Kein Flüstern, kein Plätschern, keine noch so leise Bewegung des Kieses, kein Fußtritt, kein Seufzer kam von unten zu mir herauf, – kein Zeichen von Leben außer dem Dufte des das

Fenster umrankenden Jasmins, und Kennedys Stimme, die hinter mir sprach, drang durch den weiten Fensterrahmen, um in der kühlen, weihevollen Stille zu verhallen.

»Die Berichte von Schiffbrüchigen der alten Zeit erzählen uns von vielen Leiden. Oft wurden dergleichen bedauernswerte Menschen nur vom Ertrinken gerettet, um an einer unfruchtbaren Küste Hungers zu sterben; andre erlitten einen gewaltsamen Tod oder gerieten in Sklaverei, in der sie jahrelang ein unsicheres Dasein unter Leuten führten, denen ihr fremdländisches Wesen ein Gegenstand des Argwohnes, der Abneigung oder der Furcht war. Wir lesen von diesen Dingen und finden sie sehr traurig. Es ist auch wirklich hart für einen Menschen, sich als verlorener, hilfloser Fremdling, dessen Sprache niemand versteht und dessen Herkommen niemand kennt, in einen unbekannten Erdwinkel versetzt zu sehen. Und doch scheint es mir, als ob unter allen Abenteurern, die je in allen wilden Weltteilen Schiffbruch gelitten, keiner sei, dem ein solch tragisches Schicksal bestimmt war, wie dem Manne, von dem ich rede, dem harmlosesten aller Abenteurer, den die See in dieser Bucht, beinahe im Angesicht dieses Fensters, ans Land warf.

Er wusste nicht, wie sein Schiff geheißen. Ja, wir entdeckten im Laufe der Zeit, dass er nicht einmal wusste, dass Schiffe überhaupt Namen haben – ›wie Christenmenschen‹; und als er eines Tages von der Spitze des Talfourdhügels das Meer in endloser Fläche vor sich liegen sah, schweiften seine Augen in einer Art wilder Überraschung darüber hin, als ob er nie zuvor so etwas gesehen hätte. Und so war es wohl auch. So viel ich ausfindig machen konnte, war er mit vielen andern an Bord eines Auswandererschiffes zusammengedrängt worden, das an der Mündung der Elbe lag, und war zu verwirrt gewesen, um auf seine Umgebung achtzuhaben, zu müde, um irgendetwas zu sehen, zu niedergeschlagen, um für irgendetwas Interesse zu haben. Sie waren gleich zuerst ins Zwischendeck getrieben und dort eingeschlossen worden. Er beschrieb es als ein niedriges hölzernes Gelass, mit Balken an der Decke, ähnlich wie die Häuser in seiner Heimat, nur dass man auf einer Leiter hinuntersteigen musste. Das ›hölzerne Haus‹ war sehr groß, sehr kalt, feucht und dunkel, und hatte hölzerne Kasten, in denen die Leute, einer über dem andern, schlafen mussten, und es wurde fortwährend nach allen Richtungen hin und her gewiegt. Er kroch in einen der Schlafkasten und legte sich darin nieder, ohne die Kleider abzulegen, in denen er viele Tage vorher seine Heimat verlassen hatte; sein Bündel und seinen Stock behielt er an der Seite. Die Leute um ihn herum stöhnten, Kinder schrien, Wasser träufelte auf ihn herab, alle Lichter erloschen, die Wände krachten, und alles wurde so stark geschüttelt, dass man in seinem kleinen Kasten nicht den Kopf aufzuheben wagte. Er wusste nicht, wo sein einziger Gefährte (ein junger Mann aus demselben Tale, sagte er) hingekommen war. Und während der ganzen Zeit hörte man von draußen das Getöse des Sturmes und schwere Schläge fielen – bumm! – bumm! – Er fühlte sich sterbenskrank, so sehr, dass er nicht einmal mehr regelmäßig seine Gebete sagen konnte. Übrigens wusste man gar nicht mehr, ob es Abend war oder Morgen. An jenem Ort schien es immer Nacht zu sein.

Ehe er auf das Schiff gekommen, war er lange, lange Zeit mit der Eisenbahn gefahren. Er hatte aus dem Fenster gesehen, das ein merkwürdig klares Glas gehabt, und die Bäume, Häuser, Felder und Straßen schienen rund um ihn herum zu fliegen, bis es ihm ganz schwindelig wurde. Er gab mir zu verstehen, dass er auf seiner Reise ungezählte Mengen von Leuten gesehen habe – ganze Völker – alle in solchen Kleidern, wie die Reichen sie tragen. Einmal hatte man ihn aussteigen lassen, und er hatte die Nacht auf einer Bank in einem Backsteinhause geschlafen, mit seinem Bündel unter dem Kopfe; ein andres Mal hatte er viele Stunden lang auf einem steingeplatteten Fußboden sitzen müssen, wo er mit hinaufgezogenen Knien, sein Bündel zwischen den Füßen, eingeschlummert war. Über ihm befand sich ein Dach, das aus Glas gemacht zu sein schien und so hoch war, dass die höchste Bergtanne, die er je gesehen, Platz gehabt hätte, darunter zu wachsen. Dampfmaschinen rollten zum einen Ende hinein und zum andern hinaus. Und Leute gab es, mehr als man an einem Festtage vor dem wundertätigen ›Heiligen Bilde‹ im Hofe des Karmeliterklosters in der Ebene drunten sehen konnte, wohin er vor seiner Abreise seine Mutter in einem hölzernen Wagen gefahren hatte. Sie war eine fromme alte Frau und wollte für ihn beten und ein Gelübde tun, dass er eine glückliche Reise haben möchte. Er konnte mir gar nicht beschreiben, wie groß und hoch und wie voll von Rauch und Dampf und Lärm und Eisengeklirr jene Halle mit dem Glasdach gewesen; aber es hatte ihm jemand gesagt, sie seien in Berlin. Dann wurde eine Glocke geläutet, und wieder kam eine Dampfmaschine herein und wieder wurde er weiter geführt und weiter durch ein Land, das seine Augen durch seine Flachheit ermüdete – es wies auch nicht eine Spur von einem Hügel auf. Noch eine Nacht brachte er in ein Gebäude eingeschlossen zu, das einem guten Stalle glich, mit einer Strohmatte auf dem Boden, und hütete sein Bündel unter einer Menge von Männern, von denen keiner ein Wort von dem verstand, was er sagte. Am Morgen wurden sie alle an das steinige Ufer eines ungewöhnlich breiten, schmutzigen Flusses hinuntergeführt, der nicht zwischen Hügeln, sondern zwischen Häusern floss, die ganz riesig waren. Es war eine Dampfmaschine da, die ging auf dem Wasser, und sie standen alle darauf, dicht zusammengedrängt; aber jetzt waren viele Frauen und Kinder dabei, die viel Lärm machten. Ein kalter Regen fiel, der Wind blies ihm ins Gesicht; er war durch und durch nass, und seine Zähne klapperten. Er und der junge Mann aus demselben Tale fassten sich bei der Hand.

Sie dachten, sie würden nun sofort nach Amerika gefahren werden, plötzlich aber stieß die Dampfmaschine gegen die Seite eines Dinges wie ein großes Haus auf dem Wasser. Die Wände waren glatt und schwarz und oben darauf erhoben sich, als ob sie aus dem Dach hervorwüchsen, kahle Bäume wie Kreuze und furchtbar hoch. So erschien es ihm damals, denn er hatte noch nie ein Schiff gesehen. Dies war das Schiff, das den ganzen Weg nach Amerika schwimmen sollte. Stimmen riefen, alles schwankte; eine Leiter tauchte auf und nieder. Auf Händen und Knien stieg er hinauf in tödlicher Furcht, ins Wasser zu fallen, das große Wellen warf. Er wurde von seinem Kameraden getrennt, und als er in die Tiefe dieses Schiffes hinabstieg, da war es ihm plötzlich, als ob sein Herz stillstände.

Von da an hat er auch, wie er mir sagte, nie wieder etwas von den drei Männern gesehen, die im Sommer vorher durch alle kleinen Städte in den Vorbergen seines Landes gezogen waren. Sie kamen an Markttagen in einem Bauernwagen angefahren und errichteten ein Büro in einem Gasthause oder im Hause irgendeines Juden. Es waren ihrer drei, von denen einer mit einem langen Barte ein ehrwürdiges Aussehen hatte; auch hatten sie rote Tuchkragen an ihren Röcken und goldene Litzen auf ihren Ärmeln, wie Regierungsbeamte. Sie saßen stolz hinter einem langen Tische, und im nächsten Zimmer, sodass die gewöhnlichen Leute nichts davon hören sollten, hatten sie eine kunstvolle telegrafische Maschine aufgestellt, durch die sie mit dem Kaiser von Amerika reden konnten. Die Väter umlagerten die Tür, die jungen Männer aus den Bergen aber drängten sich an den Tisch und taten viele Fragen, denn in Amerika sollte es Arbeit geben das ganze Jahr hindurch zu drei Dollar täglich, und gar keinen Militärdienst.

Aber der amerikanische Kaiser wollte nicht jeden nehmen. O nein! Ihn selbst hatte es Mühe genug gekostet, bis er angenommen worden war, und der ehrwürdige Mann in Uniform musste mehrmals ins andre Zimmer gehen und den Telegrafen arbeiten lassen seinetwegen. Der amerikanische Kaiser mietete ihn schließlich für drei Dollar, da er jung und stark sei. Indessen zogen sich manche junge Leute wieder zurück, da ihnen die Entfernung zu groß war; außerdem konnten auch nur solche genommen werden, die etwas Geld hatten. Manche verkauften ihre Hütten und Felder, weil es einen Haufen Geld kostete, nach Amerika zu kommen; aber, wenn man nur erst dort war, bekam man drei Dollar am Tage, und wer gescheit war, mochte auch Stellen finden, wo man echtes Gold vom Boden auflesen konnte. Seines Vaters Haus wurde allmählich zu voll, denn zwei seiner Brüder waren verheiratet und hatten Kinder. Er versprach, zweimal im Jahre mit der Post Geld von Amerika nach Hause zu schicken. So verkaufte denn sein Vater eine alte Kuh, ein Paar scheckige Bergponys, die er selbst aufgezogen hatte, und ein gerodetes Stück schönes Weideland am sonnigen Abhang eines tannenbewachsenen Hügels an einen jüdischen Wirt, um die Besitzer des Schiffes zu bezahlen, das Leute nach Amerika brachte, wo sie in kurzer Zeit reich werden konnten.

Der Mann muss innerlich ganz das Zeug zu einem richtigen Abenteurer gehabt haben, denn wie viele von den größten Unternehmungen zur Eroberung der Welt begannen gerade so mit einem Verhandeln der väterlichen Kuh um der Fata Morgana oder des echten Goldes in weiter Ferne willen! Ich habe dir mehr oder weniger mit meinen eigenen Worten erzählt, was ich bruchstückweise im Laufe zweier oder dreier Jahre erfuhr, während deren ich selten die Gelegenheit eines freundschaftlichen Gespräches mit ihm versäumte. Wenn er mir diese Geschichte seines Abenteuers erzählte, kamen seine blendend weißen Zähne häufig zum Vorschein, und seine schwarzen Augen leuchteten. Seine Sprache war im Anfang die eines ängstlichen Kindes, als er aber des Englischen mächtig zu werden begann, wurde sie sehr geläufig, ohne je den singenden, weichen und zugleich vibrierenden Ton zu verlieren, der den gewöhnlichsten englischen Wörtern eine seltsam eindringliche Kraft verlieh, als wären es Wörter einer überirdischen Sprache. Und immer wieder kam er mit vielem ausdrucksvollem Kopfschütteln darauf zurück, wie ihm gewesen sei, als schmelze ihm das Herz im Leibe, sobald er den Fuß in jenes Schiff gesetzt habe. Danach schien ihn sein Gedächtnis verlassen zu haben, wenigstens in Bezug auf Tatsachen. Ohne Zweifel war er in hohem Grade seekrank und unsäglich unglücklich gewesen – dieser sanfte und leidenschaftliche Abenteurer, der das Gefühl äußerster Vereinsamung aufs Bitterste empfinden musste, wie er in seiner Auswandererkoje lag, denn er war eine sehr empfindsame Natur. Das nächste, was wir von ihm wissen, ist, dass er sich in Hammonds Schweinehürde an der Straße nach Norton verborgen hatte, sechs Meilen in der Luftlinie vom Meere entfernt. Er sprach nicht gerne von diesen Erfahrungen: Sie schienen sich in seine Seele eingebrannt und sie mit finsterer Entrüstung erfüllt zu haben. Aus den Gerüchten, die noch lange Zeit nach seiner Ankunft die Gegend erfüllten, erfuhren wir, dass die Fischer von West-Colebrook durch starkes Klopfen gegen die Wände der Wasserbordhütten erschreckt wurden und eine Stimme hörten, die mit durchdringendem Tone fremdartige Worte in die Nacht hineinrief. Mehrere von den Männern gingen auch hinaus, um nachzusehen, aber ohne Zweifel war der Schiffbrüchige in plötzlichem Schrecken geflohen, als er sie sich untereinander in rauem, ärgerlichem Tone durch die Dunkelheit hatte zurufen hören. Eine Art Wahnsinn muss ihm die Kraft verliehen haben, den steilen Nortoner Hügel zu erklimmen. Er war es ohne Zweifel, der früh am andern Morgen (in einer Ohnmacht vermutlich) von dem Brenzetter Boten am grasbewachsenen Straßenrande liegend gefunden wurde. Der Mann war abgestiegen, um näher zuzusehen, hatte sich aber, erschreckt durch die vollkommene Regungslosigkeit und durch ein sonderbares Etwas in dem Aussehen des Landstreichers, der so ruhig mitten im Regen schlief, schleunig wieder davongemacht. Als der Tag vorrückte, kamen einige Kinder in solcher Angst nach der Nortoner Schule gestürzt, dass die Lehrerin hinausging und ihre Entrüstung an einem ›schauerlich aussehenden Menschen‹ auf der Straße ausließ. Dieser entfernte sich einige Schritte mit geducktem Kopf, um dann plötzlich spornstreichs davonzurennen. Herrn Bradleys Milchwagenkutscher machte kein Geheimnis daraus, dass er mit seiner Peitsche nach einem haarigen zigeunerartigen Burschen geschlagen habe, der bei einer Biegung der Straße an den Wagen gesprungen sei und nach dem Zaum des Pferdes gegriffen habe. Und zwar einen tüchtigen Schlag gerade übers Gesicht habe er ihm versetzt, sagte er, dass er schneller in den Schmutz hinuntergefallen, als er aufgesprungen sei. Aber das Pony sei eine gute halbe Meile lang davongerannt, ehe er es habe beruhigen können. Mag sein, dass der arme Teufel in seinen verzweifelten Bemühungen, Hilfe zu finden, und in dem Bedürfnis, mit irgendjemand in Berührung zu kommen, den Wagen zum Stehen zu bringen versuchte. Später bekannten auch drei Knaben, dass sie mit Steinen nach einem sonderbaren Kerl geworfen hätten, der sich nass und schmutzig und, wie es schien, ganz betrunken, in der engen, tiefen Gasse bei den Kalkhütten herumgetrieben habe. Von alledem sprach man tagelang in drei Dörfern. Folgt Frau Finns (der Frau von Smiths Fuhrknecht) unanfechtbares Zeugnis, dass sie ihn über die niedrige Mauer von Hammonds Schweinehürde habe steigen und gerade auf sie zuwanken sehen, während er laut schwatzte in einer Sprache, die einen zu Tode hätte ängstigen können. Da sie das Kind im Wagen bei sich hatte, rief ihm Frau Finn zu, fortzugehen, und als er trotzdem näherkam, schlug sie ihm mutig mit dem Regenschirm über den Kopf, worauf sie, ohne sich nur einmal umzusehen, wie der Wind mit dem Kinderwagen bis ans erste Haus des Dorfes lief. Atemlos hielt sie hier an und sprach mit dem alten Lewis, der Steine klopfend am Wege saß; und der alte Bursche nahm seine ungeheure schwarze Drahtbrille ab und stellte sich auf seine wackeligen Beine, um dahin zu sehen, wohin sie zeigte. Zusammen folgten ihre Blicke der Gestalt des Mannes, der über ein Feld lief; sie sahen ihn fallen, sich wieder aufraffen und, taumelnd und seine langen Arme über seinem Kopfe bewegend, in der Richtung gegen den Neubarnshof weiterlaufen. Von diesem Augenblick an ist er von dem Netze seiner verborgenen, rührenden Bestimmung umgarnt. Es besteht kein Zweifel über das, was von da an mit ihm geschah. Nun ist alles sicher verbürgt: Frau Smiths furchtbarer Schrecken; Amy Fosters einfältige Überzeugung, dass der Mann ›nichts Böses vorhatte‹, die sie dem nervösen Anfall ihrer Frau entgegensetzte; Smiths Aufregung (bei seiner Rückkehr vom Darnforder Markte), als er den Hund wie besessen bellen hörte, die Hintertür verschlossen, seine Frau in

Krämpfen fand – alles wegen eines schmutzigen, elenden Landstreichers, der wahrscheinlich jetzt noch in seinem äußern Hofe lauerte. Wirklich? Er wollte ihn lehren, Frauen zu erschrecken.

Smith ist ausgesprochen jähzornig, allein der Anblick eines sonderbaren, schmutzigen Geschöpfes, das mit gekreuzten Beinen in einem Haufen losen Strohs saß und sich wie ein Bär in einem Käfig hin und her wiegte, machte ihn stutzig. Und nun erhob sich der Landstreicher und stand schweigend vor ihm, eine einzige Masse von Schmutz und Schlamm. Smith, der mit dieser Erscheinung an dem stürmischen Abend allein war, das wütende Gebell seines Hundes in den Ohren, wurde von einem unbestimmten Grauen wie vor etwas Fremden, Unerklärlichen erfasst. Als das sonderbare Wesen aber mit seinen schwarzen Händen die langen, verfilzten Locken, die ihm vor dem Gesichte hingen, auseinanderteilte, wie man die zwei Hälften eines Vorhangs auseinanderteilt, und ihn mit glänzenden, scheuen, schwarz und weißen Augen ansah, brachte ihn das Unheimliche dieser schweigenden Begegnung um seine ganze Fassung. Er hat später eingestanden (die Geschichte ist hier herum jahrelang ein beliebter Gesprächsgegenstand gewesen), dass er mehr als einen Schritt zurückgewichen sei. Plötzlich hervorgesprudelte sinnlose Worte überzeugten ihn sofort, dass er es mit einem entsprungenen Irrsinnigen zu tun habe. Und dieser Eindruck hat sich nie ganz bei ihm verwischt. Bis zum heutigen Tage hält Smith an der Überzeugung fest, dass der Mann geisteskrank gewesen.

Als das Geschöpf sich ihm näherte, wobei es in beängstigender Weise plapperte (Smith verstand nicht, dass er mit ›Gnädiger Herr‹ angeredet und bei Gott beschworen wurde, Nahrung und Obdach zu gewähren), sprach er fortwährend in bestimmtem, aber sanftem Tone mit ihm, und zog sich dabei Schritt für Schritt in den inneren Hof zurück, bis er es endlich, seinen Vorteil ersehend, mit einem plötzlichen Stoße kopfüber in den Holzschuppen warf, worauf er sofort den Riegel vorschob. Er musste sich den Schweiß von der Stirne trocknen, obwohl es kalt war. Er hatte der Allgemeinheit gegenüber seine Pflicht getan, indem er einen herumziehenden und offenbar gefährlichen Geisteskranken eingeschlossen hatte. Smith ist durchaus kein hartherziger Mann, aber er hatte in seinem Kopfe nur für diese eine Idee Platz. Er besaß nicht genug Einbildungskraft, um sich zu fragen, ob der Mann nicht nahe daran sei, vor Kälte und Hunger umzukommen. Inzwischen machte der Irrsinnige großen Lärm in dem Schuppen. Frau Smith schrie oben in ihrem Schlafzimmer, wo sie sich eingeschlossen hatte; Amy Foster aber stand an der Küchentüre, schluchzte jämmerlich, rang die Hände und murmelte: ›Tun Sie ihm nichts. Bitte, bitte!‹ Smith hatte jedenfalls bei dem verschiedenartigen Lärm in Haus und Hof keinen sehr angenehmen Abend, und die wilde, aufgeregte Stimme, die hartnäckig zu schreien fortfuhr, vermehrte noch seinen Ärger. Es konnte ihm unmöglich in den Sinn kommen, diesen unbequemen Irrsinnigen mit dem Untergang eines Schiffes bei Eastbay in Verbindung zu bringen, von dem er gerüchtweise auf dem Markte in Darnford gehört hatte. Übrigens glaube ich, dass der eingeschlossene Mann in jener Nacht nicht weit davon entfernt war, geisteskrank zu werden. Ehe seine Aufregung sich legte und er bewusstlos wurde, warf er sich heftig im Dunkeln herum, wälzte sich auf schmutzigen Säcken und biss sich in die Fäuste vor Wut, Kälte, Hunger, Bestürzung und Verzweiflung.

Er war ein Bergbewohner von der östlichen Kette der Karpathen, und das Schiff, das am Abend vorher bei Eastbay untergegangen, war das Hamburger Auswandererschiff ›Herzogin Sophia-Dorothea‹ grauenvollen Andenkens.

Einige Monate später konnte man in den Zeitungen die Berichte über das schamlose Treiben der ›Auswanderungsagenten‹ unter der slawonischen Landbevölkerung in den entfernteren Provinzen Österreichs lesen. Der Zweck dieser Schurken war, sich in den Besitz der Heimstätten der armen, unwissenden Leute zu setzen, und sie standen im Bunde mit den ortsansässigen Wucherern. Sie führten ihre Opfer meist über Hamburg aus. Was das Schiff betrifft, so habe ich es hier von diesem Fenster aus beobachtet, wie es dicht bei dem Winde unter kleinen Segeln an einem düsteren Nachmittage in die Bai einlief und genau nach der Karte, in einiger Entfernung von der Brenzetter Küstenwächterstation vor Anker ging. Ich erinnere mich, dass ich, ehe es Nacht wurde, noch einmal hinaus sah auf die Umrisse der Masten und des Takelwerkes, die sich scharf und dunkel auf einem Hintergrunde zerrissener, schieferfarbener Wolken abhoben, wie ein zweiter, zierlicher Turm links vom Kirchturm von Brenzett. In der Nacht erhob sich dann Sturm. Um Mitternacht konnte ich in meinem Bette seine schauerlichen Stöße hören und das Rauschen mächtiger Wasserfluten.

Um diese Zeit etwa glaubten die Küstenwächter die Lichter eines Dampfers über dem Ankergrunde zu sehen. In einem Augenblick waren sie wieder verschwunden, aber es ist klar, dass irgendein anderes Schiff während jener fürchterlichen, schwarzen Nacht in der Bai Zuflucht gesucht, das deutsche Schiff mittschiffs gerammt hat (einen Riss hatte es, wie mir später einer der Taucher erzählte, ›dass man mit einer Themsebarke hätte hindurchfahren können‹) und sich dann unversehrt oder beschädigt – wer kann es sagen – wieder davongemacht hat – unerkannt, ungesehen, um auf geheimnisvolle Weise seinen Untergang zu finden. Von ihm hat man nie wieder etwas gehört. Ein Schrei der Entrüstung ging durch die Welt, die sich insgesamt aufmachte, das Schiff zu verfolgen – es hätte sich wahrlich nicht verbergen können, wenn es noch irgendwo auf der Meeresfläche existiert hätte.

Eine vollendete Tatsache ohne Schlüssel zu ihrem Verständnis, ein verstohlenes Schweigen wie über ein geschickt ausgeführtes Verbrechen, das war das Merkwürdige, Unheimliche bei jenem mörderischen Unglück, das, wie du dich erinnern wirst, zu trauriger Berühmtheit gelangt ist. Selbst die lautesten Hilferufe würden vom Sturme verweht worden sein, und augenscheinlich hatte man keine Zeit gehabt, Notzeichen zu geben. Der Tod ließ seinen Opfern nicht Zeit, Umstände zu machen. Das Hamburger Schiff füllte sich sofort mit Wasser und kenterte im Sinken, und als der Tag anbrach, sah man nicht einmal mehr eine Mastspitze über dem Wasser. Es wurde natürlich vermisst, und die Küstenwächter vermuteten zuerst, dass es in der Nacht seinen Anker gelichtet oder sein Ankertau gekappt habe und auf die offene See hinausgetrieben worden sei. Später, bei rückkehrender Flut, muss das Wrack seine Lage etwas verändert haben, sodass sich einige der Leichen vom Schiffe lösten, denn ein Kind – ein kleines, blondhaariges Kind in rotem Röckchen – wurde gegenüber vom Martelloturme ans Land gespült. Nachmittags konnte man drei Meilen am Strande entlang dunkle Gestalten mit bloßen Beinen in die schaumgekrönten Wellen stürzen sehen, aus denen sie bärtige Männer, Frauen mit herben Gesichtszügen, und Kinder – meist blondhaarige – heraustrugen, die, starr und triefend, auf Bretter, Hürden und Leitern gelegt wurden, um in langem Zuge am Gasthaus ›Zum Schiff‹ vorüber nach der Kirche von Brenzett getragen zu werden, wo man sie unterhalb der nördlichen Mauer in einer Reihe niederlegte.

Nach dem offiziellen Berichte war das kleine Mädchen im roten Röcklein das erste, was von jenem Schiffe ans Land kam. Aber ich habe Patienten unter der Schifferbevölkerung von Westcolebrook, und von ihnen hörte ich unter der Hand, dass zwei Brüder, die ganz früh am Morgen nach ihren auf den Strand gezogenen Booten sehen wollten, in ziemlicher Entfernung von Brenzett einen gewöhnlichen Schiffshühnerstall fanden, der hoch und trocken am Strand lag mit elf ertrunkenen Enten darin. Die Familien der beiden Schiffer verzehrten die Enten, und das Hühnerbehältnis wurde mit dem Beile zu Brennholz kleingeschlagen. Es ist möglich, dass ein Mann, vorausgesetzt, dass er zur Zeit des Eintritts der Katastrophe auf Deck war, auf dem Hühnerstall ans Land geschwommen ist. Möglich sage ich, aber ich gebe zu, dass es unwahrscheinlich ist. Tage- – nein wochenlang – kamen wir nicht auf den Gedanken, dass wir die einzige lebende Seele unter uns hatten, die bei jenem Unglück dem Tode entronnen war. Der Mann selbst konnte uns sehr wenig sagen, selbst als er lernte, sich verständlich zu machen. Er erinnerte sich, dass er sich besser gefühlt hatte (wahrscheinlich, nachdem das Schiff vor Anker gegangen war), und dass die Finsternis, der Sturm und der Regen ihm den Atem benommen. Das sieht aus, als ob er in jener Nacht einige Zeit auf Deck gewesen wäre. Aber wir dürfen nicht vergessen, dass er bewusstlos gewesen, dass die Seekrankheit ihn geschüttelt und dass man ihn vier Tage lang im Zwischendeck eingeschlossen gehalten hatte, dass er überhaupt keinen Begriff von einem Schiff oder vom Meere hatte und deshalb nicht wissen konnte, was mit ihm geschah. Regen, Wind und Dunkelheit waren ihm bekannte Dinge; das Blöken der Schafe kannte er und deutlich erinnerte er sich seines Kummers über sein Elend und seine Verlassenheit, und seiner tief wehmütigen Verwunderung darüber, dass niemand seinen Jammer sehen oder verstehen wollte, seiner Bestürzung darüber, dass alle Männer zornig und alle Frauen grausam waren. Er war ihnen ja freilich wie ein Bettler genaht, sagte er; aber in seinem Lande, wenn man einem Bettler auch nichts gab, so sprach man doch freundlich mit ihm. Bei ihm zu Hause wurden die Kinder nicht gelehrt, mit Steinen nach denen zu werfen, die um Mitleid bitten. Smiths Handlungsweise erschreckte ihn zu Tode. Der Holzschuppen erschien ihm wie ein schauerliches Gefängnis. Was würde man weiter mit ihm anfangen? ... Kein Wunder, dass ihm Amy Foster wie mit dem Glorienschein eines Engels des Lichtes umgeben erschien. Das Mädchen hatte nicht schlafen können im Gedanken an den armen Mann, und am Morgen, ehe ihre Herrschaft noch aufgestanden, schlüpfte sie zur Hintertür hinaus und über den Hof. Die Tür des Holzschuppens halb offen haltend, blickte sie hinein und reichte ihm einen halben Laib weißes Brot – ›solches wie es in meinem Lande die reichen Leute essen‹ – pflegte er zu sagen.

Langsam erhob er sich aus einem Haufen Abfall aller Art – steif, hungrig, elend, zitternd und furchtsam. ›Kannst du das essen?‹, fragte sie in ihrer sanften, schüchternen Stimme. Er muss sie für eine ›gnädige Frau‹ gehalten haben. Mit wilder Gier verschlang er das Brot; Tränen fielen auf dessen Kruste. Plötzlich ließ er das Brot fallen, ergriff ihr Handgelenk und drückte einen Kuss auf ihre Hand. Sie erschrak nicht. Trotz seines verlotterten Zustandes hatte sie bemerkt, dass er hübsch war. Sie schloss die Tür und ging langsam zur Küche zurück. Viel später erst erzählte sie Frau Smith ihr Erlebnis, die beim bloßen Gedanken, dass jenes Geschöpf sie berühren könnte, schauderte.

Diese Handlung impulsiven Mitleids brachte ihn in seiner neuen Umgebung wieder in den Bereich menschlicher Beziehungen. Er hat dies nie vergessen – nie.

An demselben Morgen kam der alte Herr Swaffer (Smiths nächster Nachbar) zu ihm, um seinen Rat zu erteilen, und nahm den Fremdling schließlich mit sich nach Hause. Demütig, gesenkten Hauptes, auf schwankenden Füßen, zur Hälfte mit getrocknetem Schlamm überzogen, stand er vor den beiden Männern, die sich in einer ihm unverständlichen Sprache über ihn unterhielten. Frau Smith hatte sich geweigert, ihre oberen Gemächer zu verlassen, ehe der Verrückte fortgeschafft wäre; Amy Foster stand weit zurück in der dunklen Küche und lugte durch die offene Hintertür; er aber gehorchte den Zeichen, die man ihm machte, so gut er es vermochte. Allein Smith war voll Misstrauen. ›Bedenken Sie wohl, Herr! Es kann alles nur Verstellung sein‹, rief er wiederholt in warnendem Tone. Als Herr Swaffer seine Stute in Bewegung setzte, fiel das beklagenswerte Geschöpf an seiner Seite beinahe aus Schwäche über den hinteren Rand des hohen, zweiräderigen Karrens hinunter. Swaffer fuhr sofort mit ihm nach Hause. Und hier war es, dass ich auf den Schauplatz kam.

Als ich zufällig an seinem Hofe vorüberfuhr, winkte mir der alte Mann unter der Tür seines Hauses einfach mit dem Zeigefinger. Natürlich stieg ich aus.

›Ich hab da etwas‹, murmelte er, und ging mir voran nach einem kleinen Nebenhause, das in einiger Entfernung von den übrigen Gebäuden stand.

Da war es, dass ich den Schiffbrüchigen zum ersten Mal sah, in einem langen, niedrigen Zimmer. Es war kahl und weiß getüncht, und hatte am einen Ende eine kleine viereckige Fensteröffnung, die mit einer zersprungenen, verstaubten Glasscheibe ausgefüllt war. Der Fremdling lag auf einem Strohlager ausgestreckt; man hatte ihm ein paar Pferdedecken gegeben und er schien den Rest seiner Kraft in dem Bemühen erschöpft zu haben, sich zu säubern. Kaum vermochte er zu sprechen. Sein rasches Atmen unter den bis ans Kinn hinaufgezogenen Decken, seine glänzenden, ruhelosen schwarzen Augen erinnerten mich an einen wilden Vogel, der sich in einer Schlinge gefangen hat. Während ich ihn untersuchte, stand der alte Swaffer schweigend an der Tür und strich sich mit den Fingerspitzen über seine glatt rasierte Oberlippe. Ich gab einige Anweisungen, versprach, eine Flasche Arznei zu schicken, und tat natürlich einige Fragen.

›Smith hat ihn in seinem Hofe gefangen‹, sagte der Alte auf seine bedächtige, ruhige Art, als ob der andre eine Art wildes Tier wäre: ›So bin ich dazu gekommen. Eine wirkliche Merkwürdigkeit, nicht wahr? Nun sagen Sie mir, Doktor – Sie sind ja schon überall in der Welt herumgekommen – meinen Sie nicht, 's könnt' so eine Art Hindu sein, was wir da haben?‹

Ich wusste nicht, was ich denken sollte. Sein langes schwarzes Haar, das über das Strohpolster ausgebreitet lag, stach stark ab von der grünlichen Blässe seines Gesichts. Sollte er vielleicht ein Baske sein? Er brauchte deshalb nicht notwendig Spanisch zu verstehen; doch versuchte ich, ihn mit den wenigen Brocken, die ich weiß, und auch mit einigen französischen Sätzen anzureden. Die geflüsterten Laute, die ich auffing, indem ich mein Ohr zu seinen Lippen neigte, waren mir vollständig fremd. An jenem Nachmittage kamen die beiden jungen Damen aus dem Pfarrhause (von denen die eine mit Hilfe eines Wörterbuches Goethe las, während die andre sich schon seit Jahren mit Dante abmühte) um Fräulein Swaffer zu besuchen, und probierten ihr Deutsch und Italienisch von der Tür aus an ihm. Sie zogen sich etwas erschrocken zurück – er hatte, sich auf seinem Strohlager umwendend, eine ganze Flut leidenschaftlicher Worte auf sie losgelassen. Sie gaben zu, dass seine Sprache wohllautend, weich, melodisch sei, fanden sie aber, vielleicht in Verbindung mit seinem Aussehen, aufregend und sonderbar, so ganz anders als alles, was man je gehört hatte. Die Dorfjungen kletterten auf die Bank vor dem Hause, um einen Blick durch das kleine viereckige Fenster zu tun. Jedermann wunderte sich, was Herr Swaffer mit ihm anfangen würde.

Er behielt ihn einfach.

Man würde Swaffer einen Sonderling heißen, wenn er nicht so große allgemeine Achtung genösse. Man wird dir sagen, dass er bis zehn Uhr nachts aufsitzt, um Bücher zu lesen, und ebenso, dass er einen Scheck über zweihundert Pfund ausstellt, ohne sich zweimal darüber zu besinnen. Er selbst könnte dir erzählen, dass die Swaffers schon dreihundert Jahre lang Landeigentümer zwischen hier und Darnford gewesen. Er muss jetzt fünfundachtzig Jahre alt sein, aber er sieht um kein Haar älter aus, als wie ich hierher kam. Er ist ein großer Schafzüchter, und treibt einen ausgedehnten Viehhandel. Bei jedem Wetter besucht er die Märkte meilenweit in der Runde. Tief über die Zügel herabgebeugt, das spärliche graue Haar in krausen Löckchen über dem Kragen seines warmen Rockes, eine grün karierte Decke um die Beine gewickelt, kutschiert er im Lande umher. Die Ruhe des vorgerückten Alters gibt seinem Wesen etwas Feierliches. Er ist glatt rasiert; seine Lippen sind dünn und ausdrucksvoll; etwas Strenges und Mönchisches in seinen Zügen verleiht seinem Gesichte eine gewisse würdevolle Erhabenheit. Man weiß von ihm, dass er beim schlechtesten Wetter schon meilenweit gefahren ist, um eine neue Art von Rosen in irgend jemandes Garten zu sehen, oder einen Riesenkohlkopf, den ein Landmann gezogen. Er liebt es sehr, von etwas ›Ausländischem‹, wie er sagt, zu hören oder es gezeigt zu bekommen. Vielleicht war es gerade das ›Ausländische‹ des Mannes, was den alten Swaffer beeinflusste. Vielleicht war es auch nur eine unerklärliche Laune. Alles was ich weiß, ist, dass ich nach drei Wochen Smiths Irrsinnigen in Swaffers Küchengarten graben sah. Man hatte entdeckt, dass er einen Spaten führen konnte. Er arbeitete barfuß, und das schwarze Haar floss ihm dabei über die Schultern. Wahrscheinlich hatte Swaffer ihm das gestreifte alte Baumwollhemd gegeben; außerdem trug er noch die heimatlichen, enganliegenden braunen Tuchhosen (in denen er ans Land gespült worden war), und den breiten ledernen, mit kleinen Messingscheiben verzierten Gürtel. Ins Dorf hatte er sich noch nie gewagt. Das Land, das er übersehen konnte, erschien ihm hübsch gehalten, wie die Gärten um das Haus eines Gutsbesitzers; die Größe der Wagenschuppen erfüllte ihn mit Erstaunen; die Straßen glichen Gartenwegen, und das Aussehen der Leute, besonders an Sonntagen, schien auf Reichtum schließen zu lassen. Er konnte nicht begreifen, was sie so hartherzig mache und ihre Kinder so dreist. Er holte sich sein Essen an der Hintertür, trug es sorgfältig in beiden Händen nach seinem Häuschen und machte, allein auf seinem Strohlager sitzend, das Zeichen des Kreuzes darüber, ehe er aß. Neben dem Lager kniend, sprach er in der frühen Dunkelheit der kurzen Tage das Gebet des Herrn, ehe er sich zum Schlafen niederlegte. Sooft er den alten Swaffer sah, verneigte er sich erst tief und blieb dann gerade aufgerichtet stehen, während der alte Mann ihn, mit den Fingern über der Oberlippe, stillschweigend betrachtete. Er verneigte sich auch vor Fräulein Swaffer, die den einfachen Haushalt ihres Vaters führte, – einer breitschulterigen, starkknochigen Frau von fünfundvierzig Jahren. Sie hatte graue, ernstblickende Augen und trug die Tasche ihres Kleides stets voll Schlüssel. Sie war ›kirchlich‹, wie die Leute sagten (während ihr Vater einer der Vorsteher der Baptistenkapelle war), und trug ein kleines stählernes Kreuz am Gürtel. Sie kleidete sich in düsteres Schwarz zum Andenken an einen der unzähligen Bradleys in der Umgegend, mit dem sie vor etwa fünfundzwanzig Jahren verlobt gewesen war – einen jungen Landwirt, der am Vorabend vor dem Hochzeitstage auf einer Jagd den Hals gebrochen hatte. Sie hatte die starren Züge der Schwerhörigen, sprach sehr selten, und ihre Lippen, dünn wie die ihres Vaters, überraschten manchmal durch einen eigentümlichen ironischen Zug.

Dies waren die Leute, denen der Fremdling Treue und Gehorsam schuldete, und ein Gefühl überwältigender Verlassenheit schien sich von dem bleiernen Himmel jenes sonnenlosen Winters auf ihn zu senken. Alle Gesichter waren ernst und trüb. Er konnte mit niemand reden und hatte keine Hoffnung, je jemand zu verstehen. Es war, als sei er von Gesichtern aus der andern Welt – von toten Gesichtern – umgeben, sagte er mir noch nach Jahren. Wahrhaftig, es war ein Wunder, dass er nicht verrückt wurde. Er wusste nicht, wo er war. Irgendwo weit weg von seinen Bergen – irgendwo jenseits des Wassers. Ob dies wohl Amerika war?

Wenn nicht das stählerne Kreuz an Fräulein Swaffers Gürtel gewesen wäre, so hätte er nicht gewusst, wie er mir später bekannte, ob er in einem christlichen Lande sei oder nicht. Er sah es oft verstohlen an und fühlte sich dadurch getröstet. Es war auch gar nichts hier so wie in seinem Lande! Die Erde und das Wasser waren anders; man sah keine Bilder des Erlösers an den Wegen. Selbst das Gras war anders und die Bäume – alle Bäume, ausgenommen die drei alten norwegischen Tannen auf dem kleinen Rasenplatze vor Swaffers Haus, die ihn an sein Heimatland erinnerten. Man fand ihn einmal abends, die Stirne gegen den Stamm eines dieser Bäume gedrückt, schluchzend und mit sich selbst redend. Sie seien ihm in jener Zeit wie Brüder gewesen, behauptete er. Alles andre war ihm neu und fremd. Denke dir ein Dasein, das von der täglichen äußeren Umgebung verdüstert, bedrückt wurde, wie durch die Schreckbilder eines Alps! Wenn er nachts nicht schlafen konnte, dachte er immer wieder an das Mädchen, das ihm das erste Stück Brot gegeben, das er in diesem fremden Lande gegessen hatte. Sie war weder grausam noch zornig gewesen und hatte sich nicht vor ihm gefürchtet. Er erinnerte sich ihres Gesichtes als des einzigen verständlichen unter all diesen Gesichtern, die so verschlossen, so rätselhaft und stumm waren wie die Gesichter der Toten, die im Besitze eines Wissens sind, das über das Verständnis der Lebenden hinausgeht. Ich möchte wissen, ob es das Andenken an ihr Mitleid gewesen, was ihn hinderte, sich den Hals abzuschneiden. Aber halt! Ich bin ein alter sentimentaler Kerl, der vergisst, dass die Liebe zum Leben so stark im Menschen ist, dass nur die Kraft ungewöhnlicher Verzweiflung sie zu überwinden vermag.

Er verrichtete die ihm aufgetragene Arbeit mit einem Geschick, das Swaffer überraschte. Nach einiger Zeit entdeckte man, dass er beim Pflügen helfen, die Kühe melken, die Farren im Viehhofe füttern konnte und auch bei den Schafen zu gebrauchen war. Er fing auch an, und zwar sehr rasch, einzelne Wörter aufzufassen, und eines schönen

Tages rettete er ein Enkelkind des alten Swaffer vor einem unzeitigen Tode.

Swaffers jüngere Tochter ist an Willcox verheiratet, einen Rechtsanwalt und Stadtschreiber von Colebrook. Regelmäßig zweimal im Jahre kommen die jungen Leute auf einige Tage zu dem alten Manne. Ihr einziges Kind, damals noch nicht drei Jahre alt, lief in seinem weißen Schürzchen allein aus dem Hause, trippelte mit den kleinen Füßchen über den Rasen des terrassenförmig angelegten Gartens und fiel, mit dem Kopfe voran, über eine niedrige Mauer in den Pferdeweiher im Hofe unten.

Unser Mann war mit dem Knechte und dem Pfluge auf dem zunächst beim Hause liegenden Felde und ließ eben das Gespann eine Wendung machen, um eine neue Furche zu beginnen, da sah er durch die Lücke eines Zaunes, was für jedermann sonst nichts als das Flattern von etwas Weißem gewesen wäre. Aber er hatte geradblickende, rasche, weitsehende Augen, die nur angesichts der ungeheuren See sich zu senken und ihre erstaunliche Kraft zu verlieren schienen. Er war barfuß und sah so ›ausländisch‹ aus, als das Herz des alten Swaffer es nur wünschen konnte. Die Pferde stehen lassend, stürzte er zum unaussprechlichen Ärger des Knechts fort und in langen Sätzen über das gepflügte Feld, und plötzlich erschien er vor der ahnungslosen Mutter, warf ihr das Kind in die Arme und ging davon.

Der Weiher war nicht sehr tief; hätte unser Held jedoch nicht so gute Augen gehabt, so wäre das Kind umgekommen – erstickt in dem dicken Schlamm auf dem Grunde. Der alte Swaffer ging langsam aufs Feld hinaus, wartete, bis der Pflug auf seine Seite herüberkam, sah sich den Mann gründlich an und ging, ohne ein Wort zu sagen, ins Haus zurück. Von jener Zeit an aber richtete man ihm seine Mahlzeiten auf dem Küchentische an, wobei das schwarz gekleidete Fräulein Swaffer mit dem undurchdringlichen Gesichte sich zuerst unter die Tür des Wohnzimmers stellte, um ihn ein großes Kreuz machen zu sehen, ehe er zu essen anfing. Ich glaube, es war auch von dieser Zeit an, dass Swaffer anfing, ihm regelmäßig Lohn zu zahlen.

Ich kann seine Entwicklung nicht Schritt für Schritt verfolgen. Er schnitt sich die Haare kurz, und man sah ihn im Dorfe und auf der Straße zu seiner Arbeit gehen, wie jeden andern Mann. Die Kinder riefen ihm nicht mehr nach. Er lernte gesellschaftliche Unterschiede

kennen, verwunderte sich aber immer wieder über die kahle Armselig-
keit der Kirchen bei so viel allgemeiner Wohlhabenheit. Auch konnte
er nicht verstehen, warum sie an Wochentagen geschlossen waren –
war doch nichts darin zu stehlen. Wollte man etwa die Leute hindern,
zu oft zu beten? Das Pfarrhaus beschäftigte sich in jener Zeit viel mit
ihm, und ich glaube, die jungen Damen versuchten, ihn für den
Übertritt vorzubereiten. Sie konnten ihn jedoch nicht von seiner Gewohnheit, das Kreuz zu machen, abbringen, wenn er auch so weit ging,
dass er die Schnur ablegte, an der ein paar Messingmünzen von der
Größe eines Sechspencestückes, ein zierliches Metallkreuz und eine
Art Skapulier hingen, die er bisher um den Hals getragen hatte. Er
hing sie an der Wand neben seinem Bette auf, und man konnte ihn
noch jeden Abend in unverständlichen Worten das Gebet des Herrn
sagen hören, langsam und inbrünstig, wie er es seinen alten Vater an
der Spitze der ganzen knienden Familie jeden Abend seines Lebens
hatte tun sehen. Und obwohl er Drillichhosen bei der Arbeit trug und
einen vom Matrosenschneider gefertigten Pfeffer- und Salzanzug am
Sonntag, wandten sich doch häufig Fremde auf der Straße um und
sahen ihm nach. Seine fremdländische Art hatte einen besonderen,
unverwischbaren Charakter. Endlich gewöhnten sich die Leute an seinen
Anblick. An ihn selbst aber gewöhnten sie sich nie. Sein rascher,
schwebender Gang, seine dunkle Gesichtsfarbe, sein aufs linke Ohr
gesetzter Hut, seine Gewohnheit, an warmen Abenden den Rock über
die eine Schulter zu hängen, wie ein Husar seinen Dolman, die Gepflo-
genheit, über die Zäune zu springen, nicht in der Eile nur, sondern
als ob es so sein müsste – all diese Eigentümlichkeiten boten den
Dorfbewohnern, man darf es wohl sagen, ebenso viele Ursachen zum
Spott und zu Kränkungen. *Sie* mochten sich nicht in der Mittagspause
platt auf den Rücken ins Gras legen und den Himmel anstarren. Ihnen
fiel es nicht ein, in den Feldern herumzulaufen und klagende Melodien
zu singen. Oft habe ich seine hohe Stimme hinter dem Rücken einer
höher gelegenen Schafweide hervor gehört – eine Stimme hell und
klar, wie die einer Lerche, aber mit einem schwermütigen Klange darin
– während unsere Felder sonst nur den Gesang der Vögel hören. Ich
selbst war davon überrascht, betroffen. Ach, er war in der Tat anders
als alle andern: rein von Gemüt und voll guten Willens, womit er nir-
gends auf Verständnis stieß, war dieser Schiffbrüchige, der wie ein auf

einen andern Planeten verpflanzter Mann durch eine ungeheure Entfernung von seiner Vergangenheit und durch eine völlige Unwissenheit von seiner Zukunft getrennt war. Seine rasche, feurige Rede stieß die Leute förmlich zurück. Einen ›aufgeregten Teufel‹ nannten sie ihn. Eines Abends – er hatte etwas Whisky getrunken – brachte er die ganze Wirtshausgesellschaft in Aufruhr, indem er ein Liebeslied seiner Heimat sang. Sie schrien ihn nieder, was ihn bitter kränkte; aber Preble, der lahme Wagner, und Vincent, der dicke Grobschmied, und auch die andern Honoratioren wollten ihr Abendbier in Frieden trinken. Bei einer andern Gelegenheit versuchte er, ihnen zu zeigen, wie man tanzen müsse. Der Staub stieg in Wolken von dem sandigen Boden auf; der Tänzer sprang bolzgerade in die Höhe, schlug die Absätze zusammen, kauerte gegenüber von dem alten Preble auf einem Fuße nieder, schoss das andre Bein hervor, sprang mit lautem Jubelgeschrei wieder auf, drehte sich auf einem Fuße herum, schnippte mit den Fingern über seinem Kopfe – doch ein fremder Kärrner fing an zu fluchen und zog sich mit seinem Bierglas in der Hand ins Nebenzimmer zurück. Als er aber gar auf einen Tisch sprang und zwischen den Gläsern zu tanzen fortfuhr, da mischte sich der Wirt ein. Er wünsche keine ›Komödiantenkunststücke‹ in seinem Gastzimmer, erklärte er. Herrn Swaffers Ausländer wurde vom Tisch heruntergezogen; doch da er ein Glas oder zwei getrunken hatte, wollte er sich zur Wehre setzen. Da wurde er mit Gewalt hinausgebracht und trug ein blaues Auge davon.

Ich glaube, er fühlte die Feindseligkeit seiner menschlichen Umgebung. Aber er war zäh – zäh sowohl an Geist als an Körper. Nur die Erinnerung ans Meer flößte ihm Grauen ein, jenes unbestimmte Gefühl der Furcht, wie es ein böser Traum zurücklässt. Seine Heimat war weit weg, und es verlangte ihn jetzt nicht mehr, nach Amerika zu gehen. Ich hatte ihm oft erklärt, dass es keinen Ort auf Erden gibt, wo man das echte Gold auf dem Boden liegend findet und wo es jeder haben kann, der sich die Mühe nimmt, es aufzuheben. Wie konnte er denn aber, so fragte er mich mehr als einmal, je heimkehren mit leeren Händen, nachdem man zu Hause eine Kuh, zwei Ponys und ein Stück Land verkauft hatte, um ihm das Fortgehen zu ermöglichen? Seine Augen füllten sich dann wohl mit Tränen, er wandte sich ab vom Glanze des unendlichen Meeres und warf sich mit dem Gesichte nach unten ins Gras. Manchmal jedoch setzte er seinen Hut mit der Miene eines Eroberers auf und rühmte sich, meiner Weisheit zum Trotz, dass er sein Teil echten Goldes gefunden habe. Das war Amy Fosters Herz; ›ein goldenes Herz und weich gegen das Elend der Armen‹, sagte er im Tone fester Überzeugung.

Er hieß Janko. Nach seiner Erklärung bedeutete dies so viel wie ›Hänschen‹. Da er aber auch sehr oft erzählte, dass er ein Bergländer sei – ein Wort, das in dem Dialekt seiner Heimat wie ›Gurall‹ lautete – so erhielt er dies Wort als Zunamen. Und das ist die einzige Spur von ihm, die in künftigen Zeiten gefunden werden wird. So steht es im Trauungsregister – Janko Gurall – in der Handschrift des Pfarrers. Das krumme Kreuz, das der Schiffbrüchige gemacht und dessen Zeichnung ihm jedenfalls der feierlichste Akt der ganzen Zeremonie zu sein schien, ist alles, was noch übrig ist, um das Gedächtnis seines Namens zu erhalten.

Seine Bewerbung hatte schon einige Zeit gedauert – sie hatte zur selben Zeit begonnen, wo er in der Gemeinde, ob auch erst unsicher, Fuß gefasst hatte. Er fing damit an, dass er in Darnford ein grünes Atlasband für Amy Foster kaufte. So machte man es in seinem Lande. Man kaufte an einem Markttage in der Bude eines Juden ein Band. Ich glaube nicht, dass das Mädchen wusste, was es damit machen sollte, aber er schien zu meinen, dass man seine ehrenwerten Absichten nicht missverstehen könne.

Erst als er seine Absicht, sich zu verheiraten, erklärte, erkannte ich völlig, wie – soll ich sagen: verhasst? – er aus hundert nichtigen Gründen der ganzen Bevölkerung war. Jedes alte Weib im Dorfe ereiferte sich über ihn. Smith, der ihn in der Nähe seines Hofes traf, schrie, er werde ihm den Hals umdrehen, wenn er ihn noch einmal da finde. Aber Janko drehte seinen kleinen schwarzen Schnurrbart mit solch kriegerischer Miene und rollte seine großen schwarzen Augen so wild gegen Smith, dass dieser seiner Drohung keine Folge gab. Doch sagte Smith dem Mädchen, sie müsse toll sein, dass sie sich mit einem Menschen einlasse, der ohne Zweifel nicht richtig sei im Kopfe. Trotzdem, wenn sie ihn in der Dämmerung von jenseits des Obstgartens ein paar Takte einer eigentümlichen, traurigen Melodie pfeifen hörte, so ließ sie alles fallen, was sie gerade in der Hand hatte – ja sie verließ Frau Smith mitten in einem Satze – und eilte, seinem Rufe zu folgen. Frau Smith nannte sie ein schamloses Ding, doch Amy sagte kein Wort und ging ihres Weges, als ob sie taub gewesen wäre. Ich glaube, sie und ich waren die einzigen, die seine Schönheit erkannten. Er war sehr hübsch und höchst anmutig in seiner Haltung; etwas Wildes, Urwüchsiges war in seinem Aussehen, etwas, das an ein Geschöpf des freien Waldes erinnerte. Ihre Mutter klagte und jammerte über Amy, sooft das Mädchen an seinem Ausgehtage zu ihr kam. Der Vater war ärgerlich, tat aber, als merke er nichts, und Frau Finn erklärte Amy geradezu, dass dieser Mann ihr noch etwas Schlimmes zufügen werde. So ging es weiter. Man konnte sie zusammen auf der Straße sehen, sie ehrbar und schwerfällig in ihrem Putze einherstapfend – in grauem Kleide, die schwarze Feder auf dem Hute, plumpe Stiefel an den Füßen und an den Händen weiße baumwollene Handschuhe, die das Auge schon in einer Entfernung von hundert Ellen auf sich zogen; und ihn, den Rock malerisch über die eine Schulter geworfen, leicht und stattlich an ihrer Seite schreitend und zärtliche Blicke auf das Mädchen mit dem goldenen Herzen werfend. Ich möchte wohl wissen, ob er sah, wie wenig schön sie war. Vielleicht vermochte er unter den von allem, was er je gesehen, so völlig verschiedenen Erscheinungen nicht zu urteilen, oder war sein Herz ganz und gar von der göttlichen Eigenschaft ihres Mitleids hingerissen.

Indessen befand sich Janko in großer Verlegenheit. In seinem Lande bittet man einen alten Mann, den Heiratsvermittler zu machen. Er wusste nicht, was er tun sollte. Da, eines Tages, mitten unter den Schafen auf dem Felde (er war jetzt, wie Foster, Swaffers Unterschäfer), nahm er seinen Hut vor dem Vater ab und erklärte sich in aller Bescheidenheit. ›Ich glaube, sie ist dumm genug, dich zu nehmen‹, war alles, was Foster sagte. ›Und dann‹, pflegte er zu erzählen, ›setzt er seinen Hut auf, sieht mich finster an, als ob er mich erwürgen wolle, pfeift dem Hunde und – fort ist er, und ich kann sehen, wie ich ohne ihn fertig werde‹. Natürlich verzichteten ihre Eltern nicht gerne auf den Lohn, den das Mädchen verdiente; Amy gab nämlich all ihr Geld ihrer Mutter. Aber Foster empfand auch sonst große Abneigung gegen diese Heirat. Er gab zu, dass der Bursche sehr gut mit den Schafen umzugehen verstehe, behauptete aber entschieden, dass er nicht zum Heiraten tauge. Oft schon habe er ihn an den Hecken entlang gehen sehen, wobei er wie ein Narr vor sich hin gemurmelt habe, und außerdem betrügen sich diese Ausländer oft recht sonderbar gegen Frauen, sagte er. Am Ende wollte er sie gar irgendwohin entführen – oder lief er noch selbst davon – wer konnte es wissen? Es war jedenfalls eine unsichere Sache. Er redete seiner Tochter vor, dass der Mensch sie irgendwie schlecht behandeln könnte. Doch sie gab keine Antwort. Es war, als habe es der Mann ihr angetan, sagte man im Dorfe. Die Leute redeten viel über die Geschichte; ja, es herrschte eine förmliche Aufregung, während die beiden fortfuhren, ›miteinander zu gehen‹, trotz allen Widerspruches. Und jetzt geschah etwas Unerwartetes.

Ich weiß nicht, ob der alte Swaffer es je begriff, wie sehr er von seinem ausländischen Dienstboten im Lichte eines Vaters betrachtet wurde. Jedenfalls lag etwas Patriarchalisches in ihrem Verhältnis, wenigstens wie Janko es auffasste. Eines Abends bat er in aller Form um eine Unterredung – auch mit dem ›Fräulein‹ – (er nannte das strenge, taube Fräulein Swaffer einfach ›Fräulein‹) – und ersuchte um die Erlaubnis, Amy Foster zu heiraten. Swaffer hörte ihn schweigend an und entließ ihn mit einem Kopfnicken; dann schrie er die Neuigkeit in Fräulein Swaffers bestes Ohr. Sie zeigte keine Überraschung und bemerkte nur sarkastisch, dass ihn jedenfalls kein andres Mädchen nehmen würde.

Wenige Tage später hörte man, dass Herr Swaffer Janko ein Häuschen (dasselbe, was du heute früh gesehen hast) und einige Morgen Landes geschenkt – ihm zum freien Eigentum übermacht habe. Willcox fertigte die Urkunde aus, und ich erinnere mich, dass er mir erzählte, mit wie großem Vergnügen er es getan habe. Es hieß darin: ›In Erwägung, dass er meinem geliebten Enkelkinde, Berta Willcox, das Leben gerettet hat.‹ Übrigens gebührt die Ehre für diese Freigebigkeit vollständig Fräulein Swaffer.

Nun konnte natürlich keine Macht der Erde das Paar verhindern, Hochzeit zu machen.

Amys Bezauberung dauerte fort. Die Leute sahen sie am Abend das Haus verlassen, um ihrem Janko entgegenzugehen. Mit weit offenen Augen blickte sie wie gebannt die Straße hinauf, auf der er kommen musste – frei und leicht sich in den Hüften wiegend, ein Liebeslied seiner Heimat summend. Als der Knabe geboren war, feierte er das Ereignis mit einem Trunk in der Schenke, versuchte wieder zu singen und wurde wieder hinausgeworfen. Die Leute beklagten seine Frau, dass sie einen solchen Hanswurst geheiratet habe. Er aber machte sich nichts daraus. Jetzt gebe es einen Menschen (sagte er mir voll Stolz), dem er in der Sprache seines Landes vorreden und vorsingen, den er später auch tanzen lehren könne.

Doch ich weiß nicht, wie es kam: Sein Schritt schien mir weniger elastisch, sein Körper schwerfälliger, sein Auge weniger scharf zu sein. Ohne Zweifel nur Einbildung; aber es will mir jetzt scheinen, als wäre das Netz seines Schicksals damals schon fester um ihn gezogen gewesen.

Eines Tages begegnete ich ihm auf dem Fußwege über den Talfourdhügel. Da sagte er mir, die Frauen seien so komisch. Übrigens hatte ich schon von häuslichen Verstimmungen munkeln hören. Die Leute sagten, Amy Foster fange nun an zu merken, was für eine Art Mann sie geheiratet habe. Eines Tages hatte sie ihm das Kind aus den Armen gerissen, als er mit ihm auf den Stufen vor der Haustür gesessen und ihm leise ein Liedlein vorgesungen hatte, wie es die Mütter in seinen Bergen ihren Kindern singen. Sie schien zu glauben, er tue dem Kinde Schaden. Die Frauen sind wirklich komisch. Sie hatte auch Einspruch erhoben, als er am Abend laut beten wollte. Warum? Er wollte, dass der Knabe ihm später das Gebet nachbeten sollte, wie er es seinem Vater nachgebetet hatte, als er noch ein Kind war – in seinem Vaterlande. Und ich sah, wie er sich danach sehnte, dass sein Knabe groß werden möchte, sodass er jemand hätte, mit dem er in der Sprache reden könnte, die uns so eigentümlich und leidenschaftlich klang. Warum seine Frau sich nicht mit dem Gedanken befreunden konnte, wusste er nicht, sagte aber, es werde wohl vorübergehen. Dabei nickte er verständig mit dem Kopfe und schlug sich leicht auf die Brust, um anzuzeigen, dass sie ein gutes Herz habe: nicht hart und grausam, sondern offen für andrer Leid, barmherzig gegen die Armen.

Nachdenklich trennte ich mich von ihm. Ich begann zu fürchten, seine Besonderheit, seine Fremdartigkeit möchten jene träge Natur mit Abneigung erfüllen, die sie zuerst so unwiderstehlich angezogen. Ich hätte gerne gewusst ...«

Der Doktor trat ans Fenster und sah hinaus auf die kühle Pracht der See, die im Nebelschleier unermesslich erschien, als ob sie die ganze Erde umschlösse mit all den im Banne von Liebe und Furcht stehenden Herzen.

»Nach den Gesetzen der Physiologie war es möglich«, sagte er, sich plötzlich wegwendend. »Es war möglich.«

Dann schwieg er, um nach einer kleinen Pause fortzufahren: »Wie dem auch sei, das nächste Mal, wo ich ihn sah, war er krank – auf der Lunge. Er war zäh, wahrscheinlich aber doch nicht so gut akklimatisiert, als ich gedacht hatte. Es war ein böser Winter, auch sind dergleichen Bergbewohner häufig Anfällen von Heimweh unterworfen, und in einem Zustande geistiger Niedergeschlagenheit ist der Mensch für Krankheiten empfänglicher als sonst. Ich fand ihn halb angekleidet auf einem Lager im Wohnraume, dessen ganze Mitte von einem mit dunklem Wachstuch überzogenen Tisch eingenommen wurde. Eine Korbwiege stand auf dem Boden, über dem Feuer hing ein siedender Kessel und einige Kinderwäsche hing zum Trocknen auf dem Kamingitter. Es war warm im Zimmer, doch geht dessen Tür unmittelbar in den Garten hinaus, wie du vielleicht bemerkt hast.

Der Kranke fieberte stark und sprach fortwährend leise vor sich hin. Amy saß auf einem Stuhle und sah ihn über den Tisch hinüber mit ihren braunen, glanzlosen Augen starr an. ›Warum liegt er nicht oben in seinem Bett?‹, fragte ich. Sie fuhr auf und stammelte verlegen, dass sie nicht oben bei ihm sitzen könne.

Ich gab ihr einige Anweisungen, und indem ich mit ihr das Zimmer verließ, sagte ich noch einmal, dass er in seinem Bett droben sein sollte. Sie rang die Hände. ›Ich kann nicht. Ich kann nicht. Er sagt immerfort etwas – ich weiß nicht, was.‹ Ich dachte an all das Gerede über den Mann, mit dem man ihr die Ohren gefüllt hatte, und sah sie scharf an. Ich blickte in ihre kurzsichtigen, nichtssagenden Augen, die einmal in ihrem Leben eine lockende Gestalt gesehen hatten, jetzt aber, indem sie mich anstarrten, gar nichts zu sehen schienen. Doch konnte ich bemerken, dass sie sich ängstigte.

›Was fehlt ihm denn?‹, fragte sie unsicher. ›Er sieht doch gar nicht so krank aus. Ich habe noch nie jemand in einem solchen Zustande gesehen …‹

›Meinst du vielleicht‹, fragte ich entrüstet, ›er verstelle sich?‹

›Ich kann mich des Gedankens beim besten Willen nicht erwehren, Herr Doktor‹, sagte sie eigensinnig. Plötzlich schlug sie die Hände zusammen und blickte scheu nach rechts und links. ›Und dann das Kind!

Ich fürchte mich so. Grad eben wollte er, dass ich ihm das Kind gebe. Ich kann nicht verstehen, was er zu ihm sagt.‹

›Kannst du nicht eine Nachbarin bitten, dass sie für die Nacht zu dir kommt?‹, fragte ich.

›Entschuldigen Sie, Herr Doktor, ich glaube, es mag niemand gern kommen‹, murmelte sie in dumpfer Ergebung.

Ich empfahl ihr eindringlich die größte Sorgfalt und musste dann gehen, denn es gab viele Kranke in jenem Winter. ›Ach, wenn er nur nicht wieder plaudert!‹, rief sie noch, als ich schon im Gehen war.

Ich weiß nicht, wie es kam, dass ich nichts merkte – aber ich merkte wirklich nichts. Und doch sehe ich sie jetzt noch vor mir, wie sie, als ich mich in meinem Wagen umwandte, noch zögernd an der Tür stand, ganz still und so, als ob sie daran dächte, auf der schmutzigen Straße zu entfliehen.

Gegen Abend wurde das Fieber stärker.

Der Kranke warf sich herum, stöhnte und murmelte hie und da ein Wort der Klage. Seine Frau aber saß an dem Tisch, der zwischen ihr und seinem Lager stand, beobachtete jede Bewegung und lauschte auf jeden Ton, während das Grauen, das unvernünftige Grauen vor dem Manne, den sie nicht verstehen konnte, immer vollständiger Besitz von ihr ergriff. Sie hatte die Korbwiege dicht an sich herangezogen. Es war jetzt für nichts andres mehr Raum in ihr, als für den Instinkt der Mutter und für jene unerklärliche Furcht.

Plötzlich wachte der Kranke auf und verlangte einen Trunk Wasser für seine ausgetrocknete Kehle. Sie rührte sich nicht. Sie hatte ihn nicht verstanden, obwohl er vielleicht geglaubt, Englisch zu sprechen. Er wartete, sah sie an, glühend vor Fieber, verblüfft über ihr Schweigen und ihre Unbeweglichkeit, und schrie endlich: ›Wasser! Gib mir Wasser!‹

Sie sprang auf ihre Füße, riss das Kind in die Höhe und stand still. Er sprach zu ihr, aber seine leidenschaftlichen Vorstellungen vermehrten nur ihre Furcht vor dem sonderbaren Manne. Ich glaube, er sprach eine ganze Weile zu ihr, bittend, klagend, befehlend – sie sagt, sie habe es ertragen, so lange sie gekonnt habe. Endlich ergriff ihn wilde Wut. Er setzte sich auf und schrie ein Wort – ein einziges Wort. Dann stand er auf, als ob er gar nicht krank gewesen wäre, wie sie sagt. Als er aber in fieberhafter Erregung und Entrüstung um den Tisch herum zu ihr zu gelangen suchte, da öffnete sie einfach die Tür und lief mit dem Kinde im Arme davon. Zweimal hörte sie ihn mit schrecklicher Stimme die Straße hinunter nach ihr rufen – und floh ...

O, du hättest das Gespenst der Furcht sehen sollen, das hinter dem trüben, erloschenen Blick dieser Augen lauerte, das sie an jenem Abend drei und eine halbe Meile weit bis vor die Tür von ihres Vaters Haus gejagt hat! Ich sah es am andern Tage.

Und ich war es auch, der ihn fand, das Gesicht nach unten, den übrigen Körper in einer Wasserlache liegend, gerade vor dem weidengeflochtenen Pförtchen.

Ich war in jener Nacht zu einem Schwerkranken im Dorfe gerufen worden und kam bei Tagesanbruch auf meinem Heimwege an dem Hause vorüber. Die Tür stand offen. Mein Kutscher half mir, ihn hineintragen und wir legten ihn aufs Sofa. Die Lampe rauchte, das Feuer war ausgegangen; die Kälte der stürmischen Nacht schien uns von den kahlen, mit schmuckloser gelber Tapete beklebten Wänden entgegenzudringen. ›Amy!‹, rief ich laut, und meine Stimme schien sich in der Öde des Häuschens wie in einer Wüste zu verlieren. Er öffnete die Augen. ›Fort!‹, sagte er deutlich. ›Ich hatte sie nur um Wasser gebeten – nur um ein wenig Wasser ...‹

Er war mit Schmutz bedeckt. Ich deckte ihn zu und blieb schweigend bei ihm stehen, dann und wann ein mühsam hervorgebrachtes Wort erlauschend. Er sprach nicht mehr in seiner Muttersprache. Das Fieber hatte ihn verlassen und damit auch die Lebenswärme. Und wieder erinnerte er mich mit seiner keuchenden Brust und seinen glänzenden Augen an ein wildes Geschöpf, das sich in einem Netze gefangen, an einen Vogel in der Schlinge. Sie hatte ihn verlassen. Sie hatte ihn verlassen – krank – hilflos – durstig. Der Speer des Jägers war ihm bis in die innerste Seele gedrungen. ›Warum?‹, schrie er in verzweiflungsvollem Tone. Ein Windstoß und ein Regenschauer antworteten ihm.

Und als ich mich wegwandte, um die Tür zu schließen, sagte er das Wort ›Barmherziger‹ und verschied.

Ich konstatierte Herzschwäche als unmittelbare Todesursache. Sein Herz musste ihm in der Tat versagt haben, sonst hätte er wohl auch diese schreckliche Nacht überstanden. Ich drückte ihm die Augen zu und fuhr davon. Nicht sehr weit von dem Häuschen begegnete ich

Foster, der mit energischem Schritt, seinen Hund hinter sich, zwischen den triefenden Hecken daherkam.

›Wissen Sie, wo Ihre Tochter ist?‹, fragte ich ihn.

›Ob ich's weiß!‹, schrie er. ›Ich will ihm den Kopf waschen. Ein armes Weib so zu ängstigen!‹

›Er wird sie nicht mehr ängstigen. Er ist tot‹, sagte ich.

Er schlug mit seinem Stock auf den Schmutz der Straße.

›Und da ist jetzt das Kind!‹

Dann, nach einer Weile tiefen Nachdenkens: ›Ich weiß nicht, ob es nicht so am besten ist.‹

Das sagte er. Und sie sagt jetzt gar nichts, spricht kein Wort von ihm. Nie. Ist sein Bild so vollständig aus ihrer Seele verschwunden, wie seine biegsame, kräftige Gestalt und seine fröhliche Stimme von unsern Feldern? Sie hat ihn nicht mehr vor Augen, ihre Einbildungskraft in Liebe oder Furcht zu erregen; und sein Gedächtnis scheint aus ihrem schwachen Geiste wie ein Schatten verschwunden zu sein, der über eine weiße Wand hingleitet. Sie wohnt in dem kleinen Hause und arbeitet für Fräulein Swaffer. Für jedermann ist sie Amy Foster und das Kind ist ›Amy Fosters Junge‹. Sie nennt ihn Johnny – was Hänschen bedeutet.

Es ist nicht möglich zu sagen, ob dieser Name sie an irgendetwas erinnert. Ob sie je der Vergangenheit gedenkt? Ich habe sie in einem leidenschaftlichen Ausbruch mütterlicher Zärtlichkeit sich über das Bettchen des Knaben beugen sehen. Der kleine Kerl lag auf dem Rücken, etwas scheu vor mir, aber ganz still, mit seinen großen schwarzen Augen und dem verschüchterten Ausdruck darin an ein gefangenes Vögelein erinnernd. Und während ich ihn ansah, war es mir, als sähe ich den andern wieder, seinen Vater, den die See auf geheimnisvolle Weise ans Land geworfen hatte, damit er in dem größeren Unglück der Verlassenheit und Verzweiflung umkomme.«

Dekadente Erzählungen

Im kulturellen Verfall des Fin de siècle wendet sich die Dekadenz ab von der Natur und dem realen Leben, hin zu raffinierten ästhetischen Empfindungen zwischen ausschweifender Lebenslust und fatalem Überdruss. Gegen Moral und Bürgertum frönt sie mit überfeinen Sinnen einem subtilen Schönheitskult, der die Kunst nichts anderem als ihr selbst verpflichtet sieht.

Rainer Maria Rilke Die Aufzeichnungen des Malte Laurids Brigge **Joris-Karl Huysmans** Gegen den Strich **Hermann Bahr** Die gute Schule **Hugo von Hofmannsthal** Das Märchen der 672. Nacht **Rainer Maria Rilke** Die Weise von Liebe und Tod des Cornets Christoph Rilke

ISBN 978-3-8430-1881-4, 412 Seiten, 29,80 €

Erzählungen aus dem Sturm und Drang

Zwischen 1765 und 1785 geht ein Ruck durch die deutsche Literatur. Sehr junge Autoren lehnen sich auf gegen den belehrenden Charakter der - die damalige Geisteskultur beherrschenden - Aufklärung. Mit Fantasie und Gemütskraft stürmen und drängen sie gegen die Moralvorstellungen des Feudalsystems, setzen Gefühl vor Verstand und fordern die Selbstständigkeit des Originalgenies.

Jakob Michael Reinhold Lenz Zerbin oder Die neuere Philosophie **Johann Karl Wezel** Silvans Bibliothek oder die gelehrten Abenteuer **Karl Philipp Moritz** Andreas Hartknopf. Eine Allegorie **Friedrich Schiller** Der Geisterseher **Johann Wolfgang Goethe** Die Leiden des jungen Werther **Friedrich Maximilian Klinger** Fausts Leben, Taten und Höllenfahrt

ISBN 978-3-8430-1882-1, 476 Seiten, 29,80 €

Erzählungen aus dem Sturm und Drang II

Johann Karl Wezel Kakerlak oder die Geschichte eines Rosenkreuzers **Gottfried August Bürger** Münchhausen **Friedrich Schiller** Der Verbrecher aus verlorener Ehre **Karl Philipp Moritz** Andreas Hartknopfs Predigerjahre **Jakob Michael Reinhold Lenz** Der Waldbruder **Friedrich Maximilian Klinger** Geschichte eines Teutschen der neusten Zeit

ISBN 978-3-8430-1883-8, 436 Seiten, 29,80 €